纯美儿童文学读本 | 给孩子的阅读计划

谁不喜欢玩

主编 曹文轩

北京理工大学出版社
BEIJING INSTITUTE OF TECHNOLOGY PRESS

版权专有 侵权必究

图书在版编目（CIP）数据

谁不喜欢玩 / 曹文轩主编 . — 北京：北京理工大学出版社，2018.7（2019.4 重印）
ISBN 978—7—5682—5583—7

Ⅰ . ①谁… Ⅱ . ①曹… Ⅲ . ①儿童文学—作品综合集—世界 Ⅳ . ① I18

中国版本图书馆 CIP 数据核字（2018）第 078000 号

出版发行	北京理工大学出版社有限责任公司
社　　址	北京市海淀区中关村南大街 5 号
邮　　编	100081
电　　话	（010）68914775（总编室）
	（010）82562903（教材售后服务热线）
	（010）68948351（其他图书服务热线）
网　　址	http://www.bitpress.com.cn
经　　销	全国各地新华书店
印　　刷	北京久佳印刷有限责任公司
开　　本	880 毫米 ×1230 毫米　1/32
印　　张	5.5
字　　数	50 千字
版　　次	2018 年 7 月第 1 版　2019 年 4 月第 3 次印刷
定　　价	32.80 元

责任编辑	刘永兵
策划编辑	张艳茹
责任校对	周瑞红
责任印制	施胜娟

图书出现印装质量问题，请拨打售后服务热线，本社负责调换

在国际安徒生奖颁奖典礼上

愿你们多读书，读好书，读经典书，因为读书是一种最美好的人生姿态。

— 曹文轩

序

——曹文轩

这是一套品质上乘的读本。选者是在反复斟酌、比较之后,才从大量的作品中挑选出这些作品的。无论长短,无论体裁,一篇是一篇,篇篇都是经典或具有经典性的作品。这些作品有正当的道义观,有很高的审美价值,字里行间充满悲悯情怀。在写作上也很有说道之处。当下用于学生阅读的选本很多,但讲究的、能看出选者独特眼光的并不多。这套读本的问世,将给成千上万的读者提供值得他们花费宝贵时间的美妙文字。

我一直在问:语文的课堂到底有多大?

我也一直在回答:语文课堂要多大有多大。

一个学生如果以为一本语文课本就是语文学习的全部,那么他要学好语文基本是不可能的,语文课本只是他语文学习的一部分，甚至可以说是很有限的一部分。他必须将大量时间用在课外阅读上。语文学科就是这样一门学科：对它的学习，语文课堂并非是唯一空间。而其他的学科——比如数学，也许只在课堂上就可以完成学习任务了。语文的功夫主要是在堂外做的。同样，对于一个语文老师而言，他要教好语文，如果只是将精力全部投放在一本语文教材上，以为这就是语文教学的全部，他也是很难教好语文的。语文是一座山头，要攻克这座山头的力量来自其他周围的山头——那些山头屯兵百万，一旦被调动，必将攻无不克、战无不胜。我去各地的学校给老师和孩子们做讲座时，多次发现，那些语文学得好的孩子，往往都有一个很好的语文老师，而这些语文老师的教学方法有一共同之处，这就是让学生广泛阅读优质的课外读物。我甚至发现一些很有想法的老师采取了一个不免有点极端的做法：将语文课本一口气讲完，将后面本属于语文课的时间全部交给学生，让他们进行课外阅读。在他们看来，对语文知识和神髓的领会，是在有了较为丰富的课外阅读之后，才能发生；一册或几册语文课本，是无法帮助学生形成语感的，也是无法进入语文文本的深处，然后窥其无限风景的；解读语文文本的力量，语文文本本身也许并不能提供。

因此，无论是对学生而言，还是对老师而言，都需要拿出足够的时间用于阅读《纯美儿童文学读本》这样的书。这种阅读很值得。

这套读本将文本的审美价值看得十分重要，冠之"纯美"二字，自有它的道理。审美教育始终是中国中小学教育的短板。而学校是培养人——完人的地方。完人，即完善的人，完美的人，完整的人。而完人的塑造，一定是多维度的。其中，审美教育当是重要的维度之一。当下中国出现的种种令人不满意的景观，可能都与审美教育的短板有关。在我们还没有找到一个恰当的、行之有效的方法之前，让学生阅读那些具有审美价值的作品，也许是一个不错的选择。

美的力量绝不亚于知识的力量、思想的力量，这是我几十年坚持的观念。我经常拿《战争与和平》中的一个场面说事：安德烈公爵受伤躺在了战场上，当时的心情四个字可以概括——万念俱灰，因为他的国家被拿破仑的法国占领了，他的理想、爱情，一切都破灭了，现在又受伤躺在了战场上，现在就只剩下了一个念头：死！那么是什么力量拯救了他，让他又有了活下去的欲望和勇气？不是国家的概念、民族的概念，更不是政治制度的概念（沙皇俄国政治制度极其腐朽），而是俄罗斯的天空、森林、草原和河流，即庄子所说的天地之大美，是美的力量让他挺立了起来。

因此，美文是我们这套选本最为青睐的。

为了让这套书能有助于培养学生的人格品质和提升语文学习能力，特地邀请了一些特级语文老师和一些著名阅读推广人参加了这项工作。他们不仅不辞辛劳地从浩如烟海的作品中"打捞"优秀文本，还对作品进行了赏析和导读。因为他们从事的职业是语文教育，他们对文本的解读，与一般评论家的评论相比，有着很大的区别。他们的关注点往往都与语文有关，在分析和评论这些文本时，"语文"二字是一刻也不会忘记的。他们有他们的解读方式，他们有他们进入文本的途径，而这一切，也许更适合指导学生阅读，更有利于学生的语文学习。

这套书的生命力，是由这套书所选的文本的生命力决定了的。这些文本无疑都是常青文本。

曹文轩

2018 年 1 月 17 日于北京大学

目 录

一、可爱的小熊
穿皮鞋的胖熊　金波 / 著　　　　　　　　　| 002
小熊的礼物　谢明芳 / 著　　　　　　　　　| 006
小熊和她的妈妈　楼飞甫 / 著　　　　　　　| 010
洗四十双袜子的小波波熊妈妈　张秋生 / 著　| 013

二、古老的歌谣
小耗子上灯台　民间童谣　　　　　　　　　| 020
拉大锯　民间童谣　　　　　　　　　　　　| 022
东西街　民间童谣　　　　　　　　　　　　| 024
盆和瓶　民间童谣　　　　　　　　　　　　| 026
一个键儿　民间童谣　　　　　　　　　　　| 029

三、有趣的动物世界
黑眼睛的大红鱼　（美）李欧·李奥尼 / 著　| 032
小熊买糖果　武玉桂 / 著　　　　　　　　　| 035
青蛙卖泥塘　季颖 / 著　　　　　　　　　　| 038
变成什么好　（美）杰克·肯特 / 著　　　　| 042

四、故事树上的铃铛

做好事　（德）迪米特尔·茵可夫 / 著　　　| 048

面包和邮票　（德）乌尔苏娜·韦尔芙尔 / 著　　| 052

洗衣服　任霞苓 / 著　　　| 055

像谁　林颂英 / 著　　　| 058

五、谁不喜欢玩

玩抽水马桶的皮卡　曹文轩 / 著　　　| 062

主见　（德）乌尔苏娜·韦尔芙尔 / 著　　| 066

9和0　郁礼 / 著　　　| 069

谁不喜欢玩　阿浓 / 著　　　| 072

六、故事里的温暖

书本里的蚂蚁　王一梅 / 著　　　| 076

树上的鞋子　冰波 / 著　　　| 080

两只棉手套　金波 / 著　　　| 085

蜗牛搬家　吕德华 / 著　　　| 090

七、跳动的诗行

笼中虎　（苏联）列·拉什可夫斯基 / 著　　096

蜘蛛　（美）艾琳·费雪 / 著　　098

蜗牛　林良 / 著　　100

蝉　林焕彰 / 著　　102

青蛙　凌非 / 著　　104

八、好玩的故事

世界上最强大的孩子　（德）迪米特尔·茵可夫 / 著　　108

小女孩和死神　（瑞士）于尔克·舒比格 / 著　　112

只会笑是远远不够的　吕丽娜 / 著　　116

其实有钱人可能很穷　（日）古川千胜 / 著　　121

九、古老的故事

两只小鸡　立陶宛民间故事　　124

小耗子长途旅行记　美国民间故事　　127

种金子　中国民间故事　　131

儿子和老牛才知道　美国民间故事　　135

十、课堂中的笑声

我想说自己的词　（苏联）苏霍姆林斯基／著　　140

校外教学　王淑芬／著　　143

最后还是零　汤素兰／著　　146

督学视察　（法）勒内·戈西尼／著　　151

一
可爱的小熊

你喜欢小熊吗?

是呀!小熊多么可爱啊!长得毛茸茸、胖乎乎的,每年冬天,都会美美地睡上一大觉。对了,它最喜欢吃蜂蜜了,常常被蜜蜂蜇得满头包,可它一点儿也不在乎。今天,我们来读几篇跟小熊有关的故事吧!

穿皮鞋的胖熊

金 波 / 著

导读：
熊会穿鞋吗？穿上皮鞋的胖熊又是什么样子的呢？

自从胖熊阿黑学会了人走路以后，就想买一双皮鞋穿穿。

这一天，阿黑来到制鞋厂，要求制鞋师傅给他做一双最时髦的皮鞋。师傅满口答应。

不久，鞋就做好了。

胖熊阿黑穿上了新皮鞋，好神气哟！

他走来走去，到处都听得见他的新皮鞋发出"咔咔咔"的声响。

有一天，他走着走着，忽然发现鞋尖上有一个小洞洞，洞洞里有一个圆圆的小脑袋，正在向外张望。

阿黑觉得很奇怪，就把脚抬得高高的，冲着小洞洞问道："你是谁呀？"

小脑袋说：

"怎么连我都不认识了，我是你的脚指头啊！"

阿黑又问：

"你为什么把我的皮鞋拱出一个小洞洞呀？"

脚指头说：

"我憋得真难受呀，你的鞋里又黑又闷，我都透不过气来了！"

胖熊阿黑没理它，继续"咔咔咔"地往前走。

瞧，胖熊阿黑多神气啊！

可是，没过几天，他发现他的皮鞋前头，又拱出了好几个小洞洞，所有的脚指头都探出了小脑袋，往外张望着，一个个大口大口地喘着气。

胖熊阿黑走路，也开始一瘸一拐了。一个个脚指头，都使劲往外挤，它们憋闷得太难受了。

胖熊阿黑索性把鞋尖剪开一个洞，让所有的脚指头都露在了外面——胖熊阿黑现在穿的是一双"凉鞋"了。

那些脚指头大口大口喘着气，大声嚷着：

"好凉快呀，好舒服呀！"

胖熊阿黑穿着"凉鞋"走路，还是觉得脚很热、很胀。他一踢腿，甩掉了一只鞋；又一踢腿，甩掉了另一只鞋。

现在，所有的脚指头都高兴地嚷起来：

"好凉快呀，好舒服呀！"

阿黑也跟着嚷起来：

"好凉快呀，好舒服呀！"

现在，胖熊阿黑又光着脚走路了。

阅读感悟：

　　胖熊穿上了新鞋，可神气啦！可胖熊的脚指头却不喜欢新鞋子。最后，胖熊只好又光着脚走路了。小朋友，你喜欢光着脚丫的自由和快乐吗？光着脚丫的感觉怎么样，能向爸爸妈妈讲一讲吗？

小熊的礼物

谢明芳 / 著

导读：
妈妈快过生日了，小熊该送妈妈什么礼物呢？

熊妈妈的生日快到了！小熊想送妈妈礼物。

可是，这个礼物好难找哦！

直到他遇到猫头鹰……

熊妈妈正在洗衣服，小熊抱着玩具，要妈妈陪他玩。

"宝宝乖，妈妈没空，你自己玩吧。"熊妈妈说。

洗完衣服，妈妈又到厨房做饭，小熊拿着故事书，要妈妈讲故事。

"宝宝乖，妈妈没空，下次再说吧。"熊妈妈说。

饭后不久，妈妈开始扫地、拖地，小熊拿出拼图，要妈妈陪他完成。

"宝宝乖，妈妈没空，你自己拼拼看吧。"熊妈妈说。

熊妈妈的生日快到了,小熊心想:"妈妈总是说她'没空',我就送妈妈'空'当礼物吧!"

小熊跑去问小猪:"'空'在哪里?"

小猪说:"我最喜欢吃了!什么东西我都吃过,但是我从没吃过'空'!"

小熊跑去问毛毛虫:"'空'在哪里?"

毛毛虫说:"所有像我的身体一样软的东西我都看过,但是从没看过'空'!"

小熊跑去问乌龟:"'空'在哪里?"

乌龟说:"所有像我的龟壳一样硬的东西我都见过,但是从来没见过'空'!"

"'空'到底在哪里呢?"小熊失望地自言自语。

树上的猫头鹰听见后飞了过来,问清楚经过后,他说:

"小熊小熊,别急,回家以后,记得多帮妈妈忙,你就会找到你的礼物了。"

小熊高兴地回家,看见妈妈在洗衣服,于是他帮忙分类衣服;妈妈煮饭时,他帮忙洗菜;妈妈扫地时,他帮忙整理报纸……

"今天很快就把家务做完了!"熊妈妈满意地说,"宝宝来,妈妈现在有空了,我们先来玩玩具,再讲故事,还有时间的话再完成拼图,你说好不好?"

"好啊!"熊宝宝好高兴哦,因为妈妈已经收到他送的礼物了!

阅读感悟：

  小熊终于想到了，要送给妈妈"空"做礼物，可是"空"在哪里呢？在猫头鹰的指点下，小熊在家里帮妈妈做事。这样，妈妈终于有了空闲，多懂事的小熊呀！你愿意帮妈妈做点家务吗？把这本书轻轻合上，放好，现在就开始吧！

小熊和她的妈妈

楼飞甫 / 著

导读：
　　小熊和她的妈妈正在家里缝布呢，快来看看吧！

　　熊妈妈拿出两块布，一块大，一块小。大的准备缝被套，小的准备缝面粉袋。小熊见了，叫道：

　　"妈妈！我来帮你缝！我来帮你缝！"

　　熊妈妈说："嗯，是该学学针线活了。你就缝面粉袋吧，我来缝被套。可你知道面粉袋是什么样子吗？"

　　"知道！长长圆圆的！"小熊说。

　　"对！"熊妈妈说，"要缝得圆才好。"

　　小熊拿着布想："怎样才能缝得圆呢？"她见门前有棵大树，树干圆圆的，她灵机一动，有办法了！

　　小熊奔到树跟前，把布围在树干上缝起来。缝好后左瞧瞧右瞧瞧，见缝得圆滚滚的，很高兴。她想取下布袋来让妈妈瞧瞧，但是怎么也取不下来。

"妈妈，缝好的布袋怎么取不下来呀？"小熊叫道。

"你是怎么缝的？"熊妈妈在屋里问。

"我把布围在树干上缝的！"

"小傻瓜！围在树干上缝，怎么取得下来呀？"

小熊奔进屋里，只见地上有个一拱一拱的被套，没见到熊妈妈。她叫道："妈妈，你躲在被套里缝呀？"

"对！就剩最后几针了！"被套里传出熊妈妈的声音。

原来熊妈妈是躺在布上缝，把自己缝进被套里了。

阅读感悟：
　　小熊和妈妈缝面粉袋和被套，都遇到了麻烦。小熊缝的面粉袋，熊妈妈缝的被套，你知道她们错在哪里吗？

洗四十双袜子的小波波熊妈妈

张秋生 / 著

导读：
小波波熊洗袜子，一次居然洗了四十双，这是怎么一回事？

有人说小波波熊很懒。

是吗？我不太清楚。不过，看了下面的故事也许你就知道了。

小波波熊很喜欢穿花袜子。

花花的袜子穿在脚上，又舒服又漂亮，走起路来可神气了。

小波波熊每天都要换一双花袜子。

可是，他很不愿意洗袜子。

小波波熊觉得，先要把袜子浸湿，再擦上肥皂，搓啊搓啊，最后再把袜子放在清水里漂净,这太麻烦了。

袜子穿在脚上总要换啊。

小波波熊想了个办法。他一下子买了许多袜子,换下一双就扔在床底下。再脏了,就再换一双扔在床底下。

就这样,小波波熊的床底下,堆了一大堆的脏袜子。

脏袜子好臭好臭,小波波熊的小房子也变得臭臭的了。小伙伴们都不愿意来这里玩。

有一天,小波波熊脱下脏袜子。他光着一双脚板,再也找不到可以换的袜子了,这下非得去洗袜子不可了。

小波波熊从床底下掏出一箩筐的袜子。他光着脚板,来到河边洗袜子。

洗啊,洗啊。

河边的小花、小草们说:

"小熊,请你以后别一下子洗那么多脏袜子,臭死了!臭死了!"

洗啊,洗啊。

河里的小鱼、小虾和小青蛙们说:

"天哪,谁洗那么多脏袜子,把河水都弄得臭臭的了!"

小波波熊很难为情,低着头拼命地洗。

袜子被晾在小树林里的细绳子上了。

一双一双的花袜子,迎风飘动。从小树林的这一头,一直延伸到小树林的那一头。

小波波熊数一数，一共八十只袜子，整整四十双。

小波波熊洗完袜子，他太累了，就光着一双脚板，倒在小树林里的草地上睡着了。

小波波熊睡得好香好香。

这时，一只小獾走过这里。

他瞧见树林里的细绳上，晾着整整四十双花袜子，细绳下面睡着一只光脚的熊。

小獾说："光脚小熊要这么多袜子干什么？他准是个卖袜子的小贩。"

小獾就取走了两双袜子，留下一包甜饼。

紧接着，一只小猩猩走过这里。

他看着细绳上的三十八双袜子说："光脚的小熊要这么多袜子干什么？他一定是用袜子来换东西的。"

小猩猩取走了两双袜子，留下一堆苹果。

后来，一位小朋友来森林里旅行，他看见细绳上有三十六双袜子，就说："我的袜子破了，而这只光脚的小熊有那么多袜子，让我拿走两双吧！"

小朋友取走两双袜子，给小熊留下了汽水和果汁。

再后来，过来一辆小推车，一只老鼠推着满车的萝卜，另一只老鼠呢，在后面拾着从车上颠下来的萝卜。

他们看见细绳上的一长串袜子，高兴极了。

一只老鼠说："这些袜子，对我们来说，是太大了，但我们可以把它们当口袋装萝卜。"

另一只老鼠说:"这个主意好极了,我再也不用紧跟在后面弯腰捡萝卜了,可把我累坏了!"

两只老鼠取下三双袜子当口袋,他们留下一堆萝卜送给小波波熊。老鼠们想,光脚的小熊看见袜子变成了萝卜,一定很高兴。

老鼠们推着六口袋萝卜走远了。

这时,有一位画家来森林里画画。他走到细绳跟前,看着上面挂着的袜子说:

"那么多花袜子,光脚的小熊在这里开袜子展览会吧!这上面有两双袜子特别好看,很有艺术价值,给我做收藏品吧!"画家取走了两双袜子,但他给小熊留下了一幅油画,上面画着一只光脚的小熊躺在草地上打呼噜……

当小波波熊懒懒地睁开眼睛的时候,太阳已经落山了。

小波波熊一骨碌爬起身,他仔细一看,细绳上只剩下两双袜子了。而他的身边,堆着一大堆东西,就像一个小杂货铺。

小波波熊收起最后的两双袜子。他把一大堆东西装进箩筐回家了。

小波波熊再也没有多余的袜子了,他每天都得换袜子、洗袜子、晾袜子。

他总是脚上穿一双,细绳上晾一双。

小波波熊觉得,每天洗袜子真开心。

小鱼、小虾和小青蛙们再也不嫌他臭了，小花、小草们也向他点头问好了。

洗完袜子，他就取出用袜子换来的甜饼、苹果和饮料，招待客人。

因为床底下再也没有臭袜子了，他的屋子变得很干净，大家非常愿意来波波熊家做客。

大伙吃着甜饼，喝着饮料，看着墙上那幅小熊躺在草地上打呼噜的油画，都会说："小波波熊，你真是一只勤快的小熊！"

阅读感悟：

小波波熊变勤快了，晾在细绳上的四十双袜子，换了一大堆东西。小波波熊变勤快了，生活发生了很大的改变，大家也更喜欢他了。读了小波波熊的故事，你愿意试着洗洗自己的脏袜子吗？

二

古老的歌谣

　　"小耗子，上灯台……"古老的歌谣在岁月的深处慢慢响起，一代一代，陪伴着我们的童年。让我们和爷爷奶奶、爸爸妈妈一起，唱响这古老的歌谣吧！

小耗子上灯台

民间童谣

导读：

在我国很多地区，都有《小耗子上灯台》的童谣，说不定你的爷爷奶奶、爸爸妈妈也唱过呢。下面这首，和他们唱过的一样吗？

小耗子，
上灯台，
偷油吃，
下不来。
吱儿哇啦叫奶奶，
叽里咕噜滚下来。

阅读感悟：

你看见这只贪吃的小耗子了吗？上了灯台偷油吃，却怎么也下不来了，只好向奶奶求助。你说，这只小耗子像生活中的谁？

拉大锯

民间童谣

导读：
　　你有没有玩过"拉大锯"的游戏？奶奶拉着你的小手儿，轻轻一拉、一送，伴随着咯咯咯的笑声，你的身子向前倾、向后仰……听，奶奶还念叨着这样一首歌谣呢！

拉大锯，拉大锯，
姥姥家，唱大戏。
接闺女，接女婿，
小外孙子也要去。

阅读感悟：

　　来来来，让我们手拉手，一边"拉大锯"，一边说童谣，你会越玩越开心的。

东西街

民间童谣

导读：
小朋友常常喜欢信口胡诌，惹得妈妈哈哈大笑。读了下面这首童谣，你会不会觉得，这个世界一下子变得热闹起来了？

东西街，
南北走，
出门看见人咬狗。
拿起狗，
打砖头，
又怕砖头咬了手。

阅读感悟：
"人咬狗""砖头咬了手"，这多滑稽啊！是呀，这样的颠倒给我们带来了很多快乐！

盆和瓶

民间童谣

导读：
有些童谣，会让你觉得自己的舌头、嘴唇简直不管用了。不信？那就读一读这首，试试看吧。

车上有个盆，
盆里有个瓶。
乓乓乓，
乒乒乒，
不知是瓶碰盆，
还是盆碰瓶。

阅读感悟：

　　这一首绕口令，先慢慢读，然后越读越快，争取不要读错字。不过，就算读错了，也很有趣，对不对？

一个毽儿

民间童谣

导读：
　　大人们参加集体劳动的时候，常常要齐声喊号子。小朋友做游戏的时候，嘴里也要念叨个不停呢。你听，一位小朋友踢着毽子，开始念叨了……

一个毽儿，
踢两半儿。
打花鼓儿，
绕花线儿。
里——踢，
外——拐：
八——仙，
过——海。
九十九个，
一——百。

阅读感悟：

你会踢毽子吗？那就一边踢，一边说，你一定会喜欢这首游戏童谣的。

三

有趣的动物世界

鱼有鱼的智慧，小熊有小熊的烦恼，青蛙有青蛙的想法，老鼠有老鼠的乐趣，换一双眼睛看世界，你会感受到一种别样的乐趣。

黑眼睛的大红鱼

(美)李欧·李奥尼 / 著

韦 苇 / 译

导读：
黑眼睛的大红鱼是一种什么鱼呀？是大鲨鱼，还是大鲸鱼？读完这篇童话你就知道了。

大海的一个小角落里，生活着一群快乐的小鱼。他们全都是红色的，不过当中有一条小鱼是黑色的，也就这么一条是黑色的，像黑贝壳那么黑，大家都叫他"小黑"。小黑游得比所有的兄弟姐妹都快。

那是一个小红鱼们很不幸的日子。那天，从汹涌的浪涛中冲出一条大虎头鲨。这种鲨鱼本来就很凶恶，这会儿他肚子正饿，他饿着肚子也能游得很快。他在小红鱼群的后头悄悄地游着，一口一口又一口，把所有的小红鱼都吞到自己肚子里了。一群小红鱼就这样没有了，可同小红鱼一样小的小黑逃开了。

深水是黑漆漆的。小黑滋溜一下蹿进了深水里,虎头鲨就再也看不见他了,他逃掉了。小黑又害怕,又寂寞,又难过。

可是大海里到处都有奇妙的生物。小黑游啊游啊,碰见了各种稀奇古怪的事物,他又高兴起来了。

他看见了像彩虹果冻一般的水母,看见了走起路来像怪物似的大龙虾,看见了像是被看不见的线牵着游的怪怪鱼,看见了像糖果一样漂亮的岩石上长着森林似的海草,看见了长得几乎不知道自己尾巴在哪儿的长长、长长的鳗鱼,还有海葵,就像是粉红色的棕榈树在风中轻轻摇动。后来他在岩石和海草的黑影子里看到一群小鱼,就是被恶鱼吞吃掉的那种小红鱼。

"来,咱们一起游出去,到处玩玩,到处看看!"他高兴地说。

"不行啊,"小红鱼们说,"我们个儿小,游得又慢,许多像我们这样的鱼被吃掉了,我们也会被吃掉的!"

"可是,你们不能老待在这里啊!"小黑说,"咱们一块儿来想个法子,叫大鱼怕我们。"

小黑想啊想,想啊想,突然,他说:"有了!"

"我们可以游在一块儿,"他接着说,"变成海里最大的鱼!让所有的大鱼、恶鱼见了咱们都害怕!"

他让大家个儿挨个儿,密密地游在一起,等到大家都熟练了,能游得像一条"大鱼"了,他说:"我来当眼睛。"

于是,他们在清凉的早晨游,也在充满阳光的中午游。大鱼一见,弄不清这是什么鱼,通身红红的,这么大——这家伙一定很厉害吧,于是大鱼就都纷纷逃开了。

阅读感悟:

  小黑鱼是弱小的,也是勇敢的,更是智慧的。为了让弱小的小红鱼和自己一样,能够看到大海里各种各样稀奇古怪的东西,能够看到大海中的美丽。他指挥大家变成了一条海里最大的鱼,可以自由自在地在大海里游玩了。团结的力量真让人惊叹。

小熊买糖果

武玉桂 / 著

导读：
妈妈让小熊去商店买苹果、鸭梨、牛奶糖，结果，小熊买来了什么呢？

有只小熊记性很不好，什么话听过就忘记。

一天，小熊家里来了客人，妈妈让小熊到商店去买苹果、鸭梨、牛奶糖。小熊担心忘了，一边走一边念叨："苹果、鸭梨、牛奶糖，苹果、鸭梨、牛奶糖……"

他光顾着背那句话，一不留神，"扑通！"绊倒了。这一摔不要紧，小熊把刚才背的话全都忘啦！"妈妈让我买什么来着？"他拍着脑门想呀，想呀，"噢，想起来了，是气球、宝剑、冲锋枪！"

小熊挎着宝剑，背着冲锋枪，牵着红气球回家了。妈妈说："哟，你怎么买回玩具来啦？"

妈妈又给了小熊一些钱，对他说："这回可别忘记了！"

小熊点点头："妈妈放心吧！"

"苹果、鸭梨、牛奶糖，苹果、鸭梨、牛奶糖……"小熊一边走一边念叨，他光顾着背了，忘了看路，"咚！"一头撞在大树上。撞得头上起了包，撞得两眼冒金花。这一撞不要紧，小熊又忘了妈妈让买的东西了。"妈妈让我买什么来着？"他想呀，想呀，"噢，想起来了，是木盆、瓦罐、大水缸！"

小熊夹着木盆，顶着瓦罐，抱着大水缸呼哧呼哧地回到家里。妈妈见了大吃一惊，知道他又把话忘记了。只好再给他一些钱，说："这次可千万记牢啊！"

小熊提着竹篮儿点点头："妈妈放心吧！"

这回，小熊避开了石头，绕过了大树，来到食品店，总算买好了苹果、鸭梨、牛奶糖。

小熊高高兴兴地朝家里跑去。正跑着，忽然，一阵风刮来，把他的帽子吹掉了。小熊连忙放下手中的竹篮儿，去捡帽子。

等他捡起帽子往回走的时候，忽然看见了地上的竹篮儿，里面还装着苹果、鸭梨、牛奶糖呢！他大声喊起来："喂，谁丢竹篮子啦？快来领呀！"

你瞧这个小熊，多好笑！

阅读感悟：

　　小熊的记性果然不怎么好，这是为什么呢？因为小熊还小呀！

　　小孩子的注意力很难长时间集中在一件事情上，总是会随着自己的兴趣不断转移。小熊多像生活中的我们啊！你和身边的小朋友，有没有闹过小熊这样的笑话呀？

青蛙卖泥塘

季 颖 / 著

导读：
青蛙想把烂泥塘卖掉，换几个钱搬到城里去住。可后来，他不想卖烂泥塘了，这是为什么呢？

青蛙住在烂泥塘里。它觉得这儿不怎么样，就想把泥塘卖掉，换几个钱搬到城里住。

于是青蛙在泥塘边竖起一块牌子，写上："卖泥塘！"

"卖泥塘嘞，卖泥塘！"青蛙站在牌子下大声吆喝起来。

一头老牛走过来，它看了看泥塘说："这个水坑坑嘛，在里边打打滚儿倒挺舒服。不过，要是周围有些草就好了。"

老牛不想买泥塘，走了。

青蛙想，要是在泥塘周围种些草，就能卖出去了。于是它就去采集草籽，播撒在泥塘周围的地上。

到了春天，泥塘周围长出了绿盈盈的小草。青蛙又站在牌子下面,大声吆喝起来:"卖泥塘嘞,卖泥塘!"

一只野鸭飞来了,它看了看泥塘说:"这地方是好,就是塘里的水太少。"

野鸭没有买泥塘,飞走了。

青蛙想,要是能往泥塘里引些水,就能卖出去了。于是它跑到周围的山里找到泉水,又砍倒了竹子,把竹子破开,一根一根接成水管,用它们把水引到自己的泥塘里来。

等泥塘里灌足了水以后,青蛙又站在牌子下,大声吆喝起来:"卖泥塘嘞,卖泥塘!"可是泥塘还是没有卖出去。

小鸟飞来说,这里缺点树;蝴蝶飞来说,这里缺点花;小兔跑来说,这里还缺条路;小猴跑来说,这儿应该盖所房子;小狐狸说……每次听了小动物们的话,青蛙都想:对!对!要是那样的话,泥塘准能卖出去。于是它照着大家的话去做,栽了树、种了花、修了路,还在泥塘旁边盖了房子。

"卖泥塘嘞,卖泥塘!"有一天,青蛙又站在牌子下吆喝起来,"多好的地方!有树,有花,有草,有水塘。你可以看蝴蝶在花丛中飞舞,听小鸟在树上唱歌。你可以在水里尽情游泳,躺在草地上晒太阳。这儿有道路通到城里……"说到这里,青蛙突然愣住了,它想,这么好的地方,自己住挺好的,为什么要卖掉呢?于是青蛙不再卖泥塘了。

阅读感悟：

  为了早日把泥塘卖掉，青蛙听取了所有人的意见。用自己的双手，把一个烂泥塘变成了一个优美宜人、舒适便利的好地方。后来青蛙决定自己住在这里。看来，用自己的双手可以让生活变得更加美好！

变成什么好

(美)杰克·肯特 / 著
韦 苇 / 译

导读：
　　如果你有了魔法，你想变成什么呢？

　　魔法师的家里有好多好多神奇变身水，装在小瓶子里，谁不想做自己，要变成什么，比如变成一头猪，甚至变成一只恐龙，都可以。

　　每一个小瓶外壁上都贴着纸片，写着这瓶变身水喝了可以变成什么。但是魔法师是整个乌有镇最忙的大忙人，他家里的变身水小瓶子放得乱七八糟，找一瓶变身水得花上好几个小时。他自己也觉得这样太费时间了，他得把所有的小瓶子都整理好，让自己一眼看过去，就能把想找的变身水找到。

　　"这瓶变身水是变什么的呢？"魔法师从地上捡起一个

小瓶子，一看没贴纸片，就连他自己也不知道这水喝了能变什么了。

就在这时候，魔法师忽然听到有谁叩他的门。

"今天太忙，不开门！"魔法师生气地说。

叩门声还在咚咚响个不停。

魔法师把门打开一条缝，见是只小老鼠，就说："走开，我正忙着！"

"我要买一瓶神奇变身水。"小老鼠说，"我不想做老鼠了。没人喜欢老鼠。人们养猫来吃我们，装捕鼠器来捉我们，用电来电我们，拿扫把来追打我们。当老鼠一点也不快活。我想变成别的东西。"

"你想变什么呢？"魔法师问。

"我还没有想好！"小老鼠说，"我来看看你这里都有些什么神奇变身水，都看一看，我就能拿定主意了。"

"那等我整理好了，你再来看。"魔法师说。

"我一天也不能等了。"小老鼠说。

"那就给你这一瓶吧！"魔法师把手上拿着的那瓶神奇变身水递给了小老鼠，"拿着，就算我送你的吧，不要钱了。"

"这瓶上可没说明是变什么的呀！"小老鼠接着问，"我会变成什么呢？"

"你不是说要变成别的东西吗？"魔法师说，"你喝了它就能变成别的东西了。"说完，就把小老鼠推出门去，砰一声把门关上了。

小老鼠回到家,拿着瓶子直发愣——他在猜想,自己会变成什么呢?

也许是变成一只蝴蝶。蝴蝶倒是很漂亮,但是蝴蝶都活不长久。他不想变成蝴蝶。要想活得长久,最好变成乌龟。但是乌龟走路太慢,他不希望自己变成乌龟。

要想走路快,他得变成蜜蜂。但是蜜蜂一天到晚飞来飞去,得这里那里采花蜜,太辛苦,太劳碌,太累人。老鼠是不喜欢干活的。

变成蚂蚁怎么样?变成蚂蚁要遭人踩。

变成鸟儿吧。鸟儿整天玩玩,唱唱。可当他想到鸟儿吃虫子,他恶心起来。

"变成一头大象,倒是挺不错的。"小老鼠想。可他又想大象走不进他洞里的家。他喜欢他那个洞里的家,那里很安全。老鼠不希望自己变成大象。

他想来想去,想不出变成什么好。

"当老鼠是不太好。"他想,"不过我至少知道当老鼠该怎么当。当别的东西,说不定更糟呢!"

小老鼠把那瓶神奇变身水拿去还给了魔法师。

"你变了?"魔法师问。

"我想我是变了。"小老鼠说,"我变得快活了。"

魔法师一听,高兴得不得了。

"瞧，这神奇变身水还真够神的，"老鼠说，"不但能把我变快活，还把咱们两个都变快活了！"

等老鼠一走，魔法师就立即将魔法变身水瓶子上的标签一张一张地统统撕去。不知道会变出什么来的神奇变身水，将给世界带来更多的快乐。

阅读感悟：

　　小老鼠觉得做老鼠不快乐，就向魔法师要了一瓶没有标签的变身水，可是，到底变成什么呢？变成蝴蝶，可蝴蝶活不长；变成蜜蜂，又太辛苦；变成蚂蚁，会被人踩；变成小鸟吧，要吃恶心的虫子；要不变成大象吧，可是大象钻不进小小的老鼠洞。看来，当老鼠还是不错的。于是，一瓶变身水让小老鼠快乐起来了！其实，做自己是最快乐的，你说是不是？

四

故事树上的铃铛

每一个家都是一棵高大的树,每一个孩子就是一个会笑会跳的铃铛,让家这棵大树更加快乐,更加幸福。让我们一起摇响故事的铃铛吧,倾听孩子们成长的笑声。

做好事

（德）迪米特尔·茵可夫 / 著
程 玮 / 译

导读：
　　做好事是让人快乐的。瞧，这对热心的姐弟俩，趁爸爸妈妈不在家的时候，做了不少"好事"。

　　小姐姐克拉拉有一天对我说："你知道不，我们今天应该做一件好事。"

　　我不明白，为什么我们应该做好事，就问："为什么？"

　　"为了以后我们能到天堂去。"

　　"克拉拉，可我今天不想做好事。今天我想跟你玩。"

　　"好吧，"她说，"但是，我们在玩以前，还是得做一件好事。我已经知道，我们可以做什么了。我们把我们的衣服送一点给穷人们。你送一条裤子，我送一件衣服。这就是做好事。"

"那我上哪里去找穷人呢?"

"哪里去找穷人?"

"那些拿我裤子的穷人,总得是一个没有裤子穿的孩子。我不认识这样的孩子。或许,你认识一个?"

"不认识。"

"你看,没那么简单吧。"

"这很简单,"小姐姐克拉拉说,"我们只要把你的裤子和我的衣服放进塑料袋里,放在家门口就可以了,有人会来收集的。你没看到门上贴着的那个条子?红十字会的条子。"

"当然,我也看到了。"

"条子上面写着,今天收集旧衣服,是救济那些穷人的,这事谁都知道。"

我们马上找出塑料袋,把我的一条裤子和克拉拉的一件衣服放进去。然后我们想,那两个穿我的裤子和克拉拉衣服的孩子,他们的爸爸妈妈一定也很穷。所以,我们又把爸爸的一件毛衣和妈妈的绿裙子放了进去。然后,克拉拉说,穷人也需要鞋子,所以我们又放了四双鞋子进去。

袋子已经很满了,差不多要撑破了,我们小心翼翼地把它抬到楼下。大门口已经放着几只袋子,看来,有很多人都想到天堂去。但我们的袋子装得最满。

"那些袋子里面,肯定也是些好东西。"克拉拉说。

"我们已经做了一件好事了吗?"我问。

"一件非常好的事情。"克拉拉说。

可我们的爸爸不这么认为。他在找鞋子。"我的那双黑皮鞋呢?"他问,"我的黑皮鞋到哪里去了?"

妈妈很快也发现,她的绿裙子不见了。

"我的绿裙子也不见了,今天早晨我还看到的。"

然后,妈妈和爸爸一起来问我们:"我们的东西都到哪里去了?是你们藏起来了吗?"

"没有,"克拉拉说,"我们没有藏起来,我们送人了。"

"你们干什么了?"爸爸惊讶地问。

"我们做了一件好事。"我们两个像合唱一样地说。然后我们讲了事情的经过。

"快下去!"爸爸喊,"可能东西还在!"

他一阵风似的跑到楼下,妈妈跟在他的后面,克拉拉跟在妈妈后面,我跟在克拉拉后面,小狗嗅嗅跟在最后。可是,那些袋子都不见了。它们已经被收集走了。

我们都喘着气回到家里,爸爸问:"你们怎么会想到这个念头,把我的新鞋子拿去送人?这怎么行?"

"为什么穷人就只能穿旧东西呢?"克拉拉反问。

"对。"我说,"他们穿了旧衣服,看上去就更穷了。"

爸爸叹了口气,说:"我实在不知道,该哭还是该笑。"

他摇摇头,看着妈妈,笑了起来。

阅读感悟：

"我"和小姐姐克拉拉做的这些好事情，可真不怎么好！不过，我们读了这样的故事，仍觉着很好玩。谁小时候没做过几件这样的"好事"呢！你能把自己做过的"好事"讲给别的小朋友听听吗？

面包和邮票

(德)乌尔苏娜·韦尔芙尔 / 著
陈 俊 / 译

> **导读:**
> 爸爸妈妈让女儿去买面包和邮票,她买回来了吗?

爸爸写完一大堆信,对小女儿说道:"女儿,你来帮爸爸做件事。到邮局去,替我买三十张邮票,我等着用。"临出门的时候妈妈也对女儿说:"好女儿,回来的时候经过面包铺子,给家里带三个葡萄干面包。"女儿接过钱,跳跳蹦蹦出门了。

邮局离家不远,一会儿就能跑到。可是出门就看到一群孩子在街上玩。小女孩站住了脚,看着看着,不由自主地加入游戏的孩子们当中去了。玩了一阵子,她猛然想起爸爸妈妈的嘱托,拔腿就往邮局跑去。

到了邮局，她买了三张邮票，经过面包铺子的时候，她买了三十个葡萄干面包。三十个面包装了满满两大纸袋，女儿满头大汗地拎回了家。

爸爸一见就笑了，大声说道："我的女儿，你要让我把面包贴到信封上去吗？"妈妈也笑了，赶忙去煮了热气腾腾的咖啡。面包太多了，一家三口肚子快撑破了才吃掉一小部分。

阅读感悟：

小朋友没有一个是不贪玩的。小女儿因为贪玩，记错了爸爸妈妈的嘱托，累得满头大汗，才把面包拎回家。故事的结局充满了爱的温馨。小女儿把事情搞糟了，爸爸妈妈却都笑了，他们一家只有努力吃面包，来挽回小女儿造成的麻烦。你喜欢这篇故事吗？

洗衣服

任霞苓 / 著

导读：
蓬蓬是个想帮妈妈干活的热心人儿，她都干了些什么呢？

最近，蓬蓬很喜欢洗东西。

她要洗衣服，妈妈说："去去去，你不会洗的。"蓬蓬只好去洗自己的玩具。

一样一样玩具都洗过了，蓬蓬把脚上的白跑鞋弄湿了。她把跑鞋脱下来，拎去给妈妈看："妈妈你看，鞋子脏了，我把它洗洗干净，好吗？"

"你不会洗的。"

"会的。"

"不会的。"

"我会的嘛——"蓬蓬追着妈妈说。

"好好好，你去洗吧。我去买菜。"妈妈给蓬蓬一把刷子、一块肥皂。蓬蓬笑得嘴也合不拢了，一边刷，一边还在笑："嘻，妈妈真好！"

鞋子洗好了。呀，袜子弄湿了，脱下来，洗洗吧！

袜子洗好了。哟，裤腿弄湿了，好，裤子也脱下来洗洗！

裤子洗好了，嘿，衣服袖子又湿了，对，把衣服也脱下来洗洗！

等妈妈买菜回来，看见蓬蓬赤裸着身子，浑身上下全是肥皂泡，变成了一个肥皂人。再一看，淌了一地肥皂水。

"咳，你这个小孩！快快快，我来把你洗一洗吧！"

妈妈把蓬蓬放到盆里，倒上温水，哗啦哗啦，呼哧呼哧，洗了又洗。

蓬蓬说："妈妈，我帮你做事情了，对吗？"

"对，对，你帮了我大忙。"

"那么你谢谢我呀！"

"谢谢你。"

"嘻，别客气。"

阅读感悟：

　　瞧瞧，蓬蓬忙什么？从洗玩具开始，然后洗自己的鞋子、袜子、裤子、衣服……妈妈回来，看见的是一个浑身上下全是肥皂泡的蓬蓬……这哪是帮妈妈干活呀，分明是在玩水嘛！小蓬蓬像不像你呢？

像谁

林颂英 / 著

导读：
有人说牛牛像爸爸，有人说牛牛像妈妈，还有人说牛牛像奶奶，牛牛到底像谁呢？

有个小朋友叫牛牛。

牛牛的脑袋是大大的，人家说，牛牛长得像爸爸。牛牛高兴地拍着小手说："噢，我像爸爸，我像爸爸！"

牛牛的眼睛是亮亮的，人家说，牛牛像他妈妈。牛牛乐呵呵地亲着妈妈的脸蛋，说："嘿，我像妈妈，我像妈妈！"

牛牛的脸是胖胖的，人家说，牛牛像他奶奶。牛牛高兴地戴上奶奶的老花镜，笑眯眯地对着镜子说："啊哈，我像奶奶，我像奶奶！"

那么，牛牛到底像谁呢？他自己也搞不清楚。这是一个星期天，牛牛一清早就起床了，他一眼看见爸爸在走廊里擦行车，就赶忙帮着一起擦，把自行车擦得亮亮的。爸爸说：

"牛牛爱劳动,像我!"

自行车擦完了,牛牛看见妈妈在扫院子,牛牛赶忙帮着妈妈一起扫,院子扫得干干净净的。妈妈说:"牛牛爱劳动,像我!"

院子扫好了,牛牛又看见奶奶在拣菜,牛牛赶忙又来帮忙。拣了菜,还把菜放得整整齐齐的。奶奶说:"牛牛爱劳动,像我!"

牛牛到底像谁呢?他还是搞不清楚。

太阳公公出来了,牛牛又在干什么呢?他呀,正在洗自己的袜子和手绢呢。搓呀搓呀,洗呀洗呀,洗得真干净!晾好了,袜子和手绢在风里飘呀飘呀,真好看。

爸爸笑了,妈妈笑了,奶奶也笑了,可这回他们没说牛牛像谁。牛牛不好意思了,低着头想:这回,我像谁呢?还没等牛牛想出来,在窗台上的小猫叫起来:"妙!"好像在说:"我知道,我知道,牛牛呀,像好孩子!"

阅读感悟:

牛牛到底像谁呢?最后他终于知道了,牛牛就像一个好孩子。多可爱、多懂事的牛牛啊!小朋友,你像个好孩子吗?

五

谁不喜欢玩

我们都是小孩子,我们有自己的天地,我们对生活有自己的看法。我们在观察,我们在思考。

玩抽水马桶的皮卡

曹文轩 / 著

导读：
　　在孩子的眼里，一切都好玩。皮卡竟然玩起了抽水马桶，抽水马桶的水声打扰了爸爸的写作，接下来会发生什么事呢？

　　皮卡觉得实在很无聊，就开始放抽水马桶里的水玩。一掀水箱上的开关，水哗地冲进坐便器。水在里面旋转着，形成一个漩涡。漩涡越旋越小，但也越旋越快。后来发出一阵呼噜声，接下来，又慢慢地积蓄了一些水。一个过程就这样结束了。水箱里有哗啦哗啦的流水声，等安静下来，皮卡又一次掀下了开关，水又哗地冲进坐便器。皮卡开始向漩涡里投放纸片，然后看着纸片在漩涡里打转，最后被漩涡吞没。先是投一张纸片，接着投两张、三张……他专心致志地放水，听水，再放水。他好像是一个做试验的，是一个搞测量的。

正在为一个情节过不去而焦躁的爸爸，一遍又一遍地听着抽水马桶发出的哗哗声，心里头的火苗一个劲儿地往上蹿。

爸爸写小说，总是很吃力，甚至很痛苦。为了一个情节，为了一个词，为了一个细节，经常死劲儿揪着自己的头发，像虫子一般蜷曲在沙发上，要不就趴在床上，有时甚至翻滚，仿佛肠子在绞痛，挺吓人的。但爸爸写出来的小说，所有的人都说很美。

哗啦，哗啦……

爸爸终于冲进洗手间，一把揪住皮卡，将他拎到了客厅里，愤怒地扔到沙发上。

皮卡哇的一声哭了。

奶奶跑过来，连忙抱起皮卡，转而冲着爸爸妈妈喊："你们两个就知道忙！忙！就不知道带他出去走走！"

爸爸向奶奶分辩说："我真的没有时间。"

"没有时间，就不要生孩子！没有时间，把他要回来干什么？有那么多姑姑带他呢！"奶奶用手抹去了皮卡的眼泪，"整天把他关在家里！他是个人，又不是一头猪！瞧，把孩子憋成什么样子了！"

"妈！他怎么是一头猪呢？"

"还不如一头猪呢！是头猪，也要放它出来跑跑呢！"

"妈……"

妈妈推了一把爸爸。

爸爸进他的书房去了。

妈妈跟了进去。

"他怎么是一头猪呢？"爸爸摊开双臂，很不理解。

妈妈对爸爸说："可能是我们错了，我们俩也太不在意这个孩子了。"

"那怎么办？"

"你就少写几篇吧，多给儿子一点儿时间。"

阅读感悟：

　　这个片段选自曹文轩儿童小说《再见，钢琴》（《我的儿子皮卡》丛书之三）中的《兜风》一章，题目为编者所加，文字略有改动。皮卡玩抽水马桶，打扰了爸爸的写作，爸爸发怒，把他抓起来，丢在客厅的沙发上，皮卡哭了。在奶奶的提醒下，爸爸妈妈才认识到，皮卡之所以捣蛋，是因为缺少陪伴。看来，面对小朋友的调皮捣蛋，爸爸妈妈也要学会反省一下自己。

主见

（德）乌尔苏娜·韦尔芙尔 / 著
陈　俊 / 译

导读：
　　小姑娘想给自行车刷漆，那么，她该选什么颜色呢？

　　有一个小姑娘想给自己的自行车刷一道漆。刷什么颜色的漆好呢？她在考虑。对，绿色的好，健康、环保。想到这，她拿来绿漆，把车子刷了一遍。

　　这时，她的哥哥过来了，对她说道："绿色的自行车？没听说过，更没看见过！为什么不漆成红色的呢？多鲜亮，多活泼。"小姑娘听着有道理，就用红漆覆盖了绿漆。

　　这当儿又过来了一个小姑娘，说道："红色有什么稀奇，满大街都是红的。依我说，蓝的最漂亮，女孩子骑蓝色车最时髦了。"小姑娘思索了一下，觉得蓝色也不赖，于是把车改漆成了蓝色。

一会儿邻居家的男孩过来了,评论道:"蓝色多沉闷,多没劲,黄色才够靓,够吸引眼球!"小姑娘想想,就用黄漆覆盖了蓝漆。

过了一阵子从楼里走出来一位大婶,评论道:"黄色?要多难看有多难看,我看紫色的最高雅。"

好吧,紫色也不错,改成紫色。

后来哥哥又过来了,叫道:"紫色?谁说应该漆成紫色?还是红的好!"

小姑娘笑了,她拿来绿漆把车子仔细油漆了一遍,这回她有主见了。

阅读感悟：

　　因为听了别人的话，自行车的颜色一变再变，绿色、红色、蓝色、紫色……到底刷什么颜色呢？小姑娘终于想明白了，要听自己的，遇事要有主见。于是，她把车子刷成了自己最喜欢的绿色。从她的故事里，你想到了什么？

9和0

郁 礼/著

导读：
9和0比，谁大？谁小？

0、1、2、3、4、5、6、7、8、9，十个数字娃娃，排着队做游戏。9当队长。

9当队长，骄傲起来，看不起别的数字，特别看不起0。

一天，9骄傲地对0说："0，你怎么配和我们在一起，你一点儿用处都没有。"

0听了，圆圆的眼睛里泪水汪汪。

1看了很生气，说："喂，0也是我们的队员，你不应该欺侮它！"

"住嘴！"9大声地说，"瞧你棍儿似的身体，没头没脚的。两个你加在一起，也不过是'2'。"

"只要我和1在一起，就比你大了。"0在一旁说。

"什么？"9跳起来说，"一万个你加在一起，也还是个0，你怎么能和我相比啊！"

"不信，咱们就比比看！"0说着跑到1的后面去。

"好，比就比。现在就找花娃娃评判去！"9气势汹汹地回答。

于是，它们三个走到花娃娃面前。

9得意扬扬地抬起大脑袋，指着1和0说："花娃娃，你评评看，这两个没用的东西在一块，能比我大吗？"

花娃娃仔细一看，笑着说："当然比你大啦！"

"它们两个比我大，我不信！"9说。花娃娃说："它们两个在一起就是'10'。"说着拿出九块积木堆在一起，又拿出十块积木堆在一起，问9："你瞧，哪一边大？"

9那个圆大的脑袋低下去了。

阅读感悟：

9很骄傲，认为自己是最大的。不过，最小的0站在了小小的1后面，就比9还要大了，9羞愧地低下了脑袋。你能说说9哪些地方做得不好吗？如果你是9，会怎么做呢？

谁不喜欢玩

阿 浓 / 著

导读：
大人总喜欢批评我们贪玩，可是，有谁不喜欢玩呢？

大人骂我们骂得最多的无非三件事：一是吵闹，二是贪吃，三是贪玩。

请你举三个最吵闹的地方，相信你会说："街市、茶楼、流行音乐会现场。"这三个地方都是大人聚集的场所。因此，最爱吵闹的不是我们。

请你举三种最贵的食物，相信你会说："鱼翅、鲍鱼、熊掌。"这些并不是我们喜欢吃的糖果、薯条、汉堡包。因此，最贪吃的不是我们。据说一个最贵的鲍鱼的价钱相当于一千个汉堡包，居然有大人愿意付这么多钱吃这么一个鲍鱼，你说过不过分！

说到贪玩，爸这样骂我们，妈这样骂我们，爷爷和奶奶也这样骂我们。还有老师，更是天天这样骂我们。让我们来看看事实的真相：

爸的玩具才多呢，他有一屋子音响器材，两大箱摄影器材，一玩起来饭也不吃，觉也不睡。

妈是最贤淑的女人（许多人都这样说），她最擅长弄吃的，中式、西式、大餐、小食、烧烤、沙拉、家乡风味、祖传秘制……她都做得像模像样。而那些厨具，蒸的、煮的、切的、炒的、磨的、搅的……一套套都是精品。她只是喜欢做，自己却吃得很少。后来我明白了，做饭是她的游戏，厨具是她的玩具。

爷爷年轻时喜欢玩什么我不知道，如今他玩什么都气喘吁吁的。可是他满身是玉，头上挂着、手腕和手指上戴着、裤带上扣着，方的、圆的、黑的、白的、绿的、黄的、透明的、不透明的、有花纹的、没花纹的……他一有空便拿出来又搓又揉地玩。

奶奶的"积木"是麻雀牌，她一坐到麻雀桌前便兴高采烈，哪怕有什么不舒服也忘得一干二净。她可以从上午玩到下午，由下午玩到半夜，天天玩不厌。

最后要说我的班主任李老师了。他说"少壮不努力，老大徒伤悲"，叫我们不要只顾玩，要努力学习，努力做功课。肥仔炳上课时玩的游戏机，被李老师没收了，说要放暑假才还给他。那天我去教师休息室找李老师交旅行费，李老师背着我，我叫他，他也听不见。后来我大声叫他，他吓了一跳，原来他正埋头玩游戏机呢。我认得那部游戏机是肥仔炳的。谁说老师不喜欢玩！

原来人人都喜欢玩，这才是正常的。不喜欢玩的，我看有点不正常。

小猫很爱玩，兽医说它们是从游戏中学习。我希望我最怕的数学和英文也可以从游戏中学会，但愿我能遇上一个一面跟我们玩，一面教我们读书的好老师。

好了，我讲了许多，要去玩了。你来不来？

阅读感悟：
　　大人责备我们的三件事：吵闹、贪吃和贪玩。其实大人做得比我们还要糟！人人都喜欢玩，大人也贪玩，人人都在玩中学习，在玩中生活。所以请你们不要再责备我们了！

六

故事里的温暖

当我们俯下身子，会看见花朵里的小精灵；当我们闭上眼睛，会看见远远飞来的小仙女……让我们带着美好的想象，走进奇异的童话世界吧！

书本里的蚂蚁

王一梅 / 著

导读：
书本里来了一只蚂蚁，于是就有了一个美妙的童话。

古老的墙角边，孤零零地开着一朵红色的小花，在风里轻轻地唱着歌。一只黑黑的小蚂蚁，顺着花枝儿往上爬，静静地趴在花蕊里睡觉。

小姑娘经过这儿，采下这朵花，随手夹进了一本陈旧的书里，小蚂蚁当然也进了书本，被夹成了一只扁扁的蚂蚁。

"喂，你好，你也是一个字吗？"书本里传来了很整齐的细碎的声音。

"是谁？书本也会说话？"黑蚂蚁奇怪极了。

"我们是字。"细碎的声音回答着。黑蚂蚁这才看清，书本里满是密密麻麻的小字。"我们小得像蚂蚁。"字很不好意思地回答。

"我……我是蚂蚁。噢,我变得这么扁,也像一个字了。"黑蚂蚁挺乐意做一个字。

书本里有了一个会走路的字。第一天,黑蚂蚁住在第一百页,第二天就跑到了五十页,第三天又跑到第二百页,所有的字都感到很新奇。要知道,这是一本很陈旧的书,很久没有人翻动过了,而这些字从没想动动手脚,走一走,跳一跳。"我们真是太傻了。"字对自己说。现在,它们都学着黑蚂蚁跳跳舞、串串门,这有多快乐呀!

旧书不再是一本安安静静的书了。

有一天,小姑娘想起了那朵美丽的花,就打开书来看。啊,这本原本她看厌的旧书,竟写着她从来也没有看过的新故事!她一口气读完了这个新故事。

第二天,小姑娘忍不住又打开书来看。她更加惊奇了,她看到的又是一个和昨天不一样的新故事。

这时候,小姑娘突然看到了住在书里的小蚂蚁,问:"你是一个字吗?""是的,我原来是一只小蚂蚁,现在,我住在书本里,是会走路的字了。"会走路的字?小姑娘明白了,这本书里的字,每到晚上就走来走去,书里的故事也会变来变去。

是的,第三天的早晨,小姑娘在旧书的封面上发现了一个字,它呀,走得太远不认识回家的路了。不过,这些字没有一个想离家出走的,它们全住在一起,快快乐乐,每天都会编出新的故事。

小姑娘再也没有买过故事书。

阅读感悟:

一只小小的黑蚂蚁,由于一个偶然的原因,成了会走路的汉字。在他的带领下,所有的汉字都开始学着黑蚂蚁的样子跳跳舞、串串门。于是,这些字每天都在编写新故事。多神奇啊!

树上的鞋子

冰 波 / 著

导读：
毛毛虫预订的小皮鞋已经做好了，他怎么不来拿鞋子呢？

"笃笃笃，笃笃笃。"

在一张抖呀抖的蜘蛛网上，蜘蛛老鞋匠正在那里钉鞋子呢。蜘蛛是一位手艺很好的老鞋匠，他能用从小野果壳上削下来的皮，做成一双双精致的小皮鞋，走起来还会"的咯的咯"地响。

小虫虫们都来请蜘蛛老鞋匠做小皮鞋。

蟋蟀穿着小皮鞋去音乐会上演奏小提琴，蚂蚱穿着小皮鞋去参加时装表演，就连蜜蜂也是穿着小皮鞋去采蜜的。反正，不管是谁，只要穿上了小皮鞋，就特别有派头。

蜘蛛老鞋匠可真忙坏了，每天"笃笃笃，笃笃笃"地钉着鞋子。

这天，小毛毛虫也来了。

"蜘蛛老伯伯，给我也做一双鞋子，好吗？"毛毛虫的声音细细的，很胆怯。

"你？"蜘蛛老鞋匠很吃惊，那意思就是说，你这么难看，也想穿皮鞋？

毛毛虫说："是的，我也想穿'的咯的咯'响的小皮鞋。"

蜘蛛老鞋匠看了一眼毛毛虫那六只又粗又壮的肉脚，说："唉，你的脚板也太大了……"

蜘蛛老鞋匠又叹了一口气，说："唉，好吧好吧。不过，你得等我做完了这蜈蚣先生的四十二只鞋子，才轮到给你做呀。"

天哪，四十二只！蜈蚣先生的脚也太多了！

不过，毛毛虫还是很高兴："谢谢蜘蛛老伯伯，我愿意等着。"

毛毛虫迈着轻轻的脚步，爬到旁边一根小树枝上，静静地等着。

"笃笃笃，笃笃笃。"

钉鞋子的声音不断地传过来。

起先，毛毛虫觉得这声音很好听，可听到后来，就打起瞌睡来。

风儿吹在毛毛虫身上，好冷啊，她打了好几个寒噤。

为了保暖，毛毛虫吐出丝来，结了一个茧，把自己包在里面。

"我在茧里等着吧……"毛毛虫这样想着，睡着了。

蜘蛛老鞋匠终于做完了蜈蚣先生的四十二只小皮鞋，接着，他就开始给毛毛虫做。很快，给毛毛虫的六只鞋子就做好了。

不过，这六只鞋子不像别的鞋子那样小巧玲珑，而是胖鼓鼓的，像没盖没嘴的茶壶似的。

"咦？毛毛虫哪儿去了，怎么不来拿鞋子呢？"蜘蛛老鞋匠等了一会儿，又等了一会，最后，只好把鞋子串起来，挂在树上。

"毛毛虫来了，会看到她的鞋子的。"蜘蛛老鞋匠这样想着，收起摊子，回家去了。

好几天过去了，鞋子还挂在树上。

毛毛虫在哪里呢？她还在她的茧里面睡觉呢。

终于有一天，毛毛虫醒来了，重新从她的茧里钻出来。可她已不再是毛毛虫了，她变成了一只美丽的蝴蝶，长着一对漂亮的翅膀和细细长长的六只小脚。

蝴蝶第一眼看见的，就是挂在树上的六只鞋子。

"哟，这是什么东西？看起来真漂亮。"蝴蝶自言自语地说着。睡了这么长一觉，她已经忘记自己曾经是毛毛虫，也忘记了自己曾经多么想穿上"的咯的咯"响的小皮鞋。

蝴蝶朝树上的鞋子看了好久。

"它们在风里晃得多轻松自在啊!"蝴蝶这样想着,向那些鞋子飞过去。她在每一只鞋窝窝里,都产下了一些卵。"让我的宝宝睡在里面吧,这是最好的摇篮啦。"

蝴蝶说着飞走了。她想去给自己那六只美丽的小脚找鞋子穿。"最好是会'的咯的咯'响的小皮鞋。"她想。

树上的六只鞋子,还在风里面轻轻地晃着、摇着鞋窝窝里的那些小宝宝。将来,等这些小毛毛虫出世了,他们会不会知道这六只鞋子是怎么来的呢?

"笃笃笃,笃笃笃。"

又传来钉鞋子的声音,蜘蛛老鞋匠不知又在给谁做小皮鞋哩。

阅读感悟:

毛毛虫在茧里安安静静地睡着了,醒来时,变成了一只美丽的蝴蝶。她已经记不得请蜘蛛老鞋匠做鞋的事情了。最后她决定把宝宝放在这六只鞋子里,然后她又去找鞋子穿了。多美丽的故事啊!

两只棉手套

金 波 / 著

导读：
两只棉手套，带来一个温暖的故事。

冬天的西北风刮个没完，刮到脸上，就像用小刀儿一下一下割着，真疼啊！

松鼠妈妈要生小娃娃了。可是她还没找到一个避风的地方。

松鼠爸爸很着急，他在树枝上蹦来蹦去，想找一个暖和的树洞。

找呀找呀，他找到了一个很大很圆的树洞。他刚往里一探头，就听到一声粗嗓门：

"对不起，我已经住上了。"

松鼠爸爸一听，就知道是大黑熊。他赶忙走开了。

找呀找呀，他又找到了一个很小很圆的树洞。他刚往里一探头，就听到一声尖嗓门：

"对不起，我已经住上了。"

松鼠爸爸一听，就知道是小刺猬。他赶忙走开了。

风越刮越大了，还夹带着雪花。

松鼠妈妈蜷缩着身子，抱着圆鼓鼓的肚子，蹲在树上，愁得直想哭。

松鼠爸爸叹了一口气，跳下大树，又为松鼠妈妈寻找生娃娃的地方去了。

他走在雪地上，这里看看，那里找找，连个草窝都找不到。他的脚都冻麻了，也不在意。他只想快点给松鼠妈妈找个窝，好平平安安地生下小娃娃呀！

走着走着，他忽然踩着一个软绵绵的东西，他摇摇大尾巴，把覆盖在上面的雪扫一扫。啊，露出了一只棉手套！

他知道，这一定是哪个小朋友不小心丢在这里的。

他可顾不了那么多了，赶忙让松鼠妈妈钻进去。不久，她就生下了五只小松鼠。

五只小松鼠一生下来就淘气极了，这里钻钻，那里拱拱。最后，五只小松鼠钻进了棉手套的五个指头，正好每只住一间小房子。

小松鼠们呼呼地睡大觉了。松鼠妈妈睡在娃娃们的身边，守护着他们。

松鼠爸爸也想钻进棉手套暖和暖和，可是里面太挤了，他只好又出来，卧在手套外面，用自己蓬松的大尾巴盖在自己的身上取暖。

风，越刮越猛；雪，越下越紧。五只小松鼠依偎着妈妈还喊冷。松鼠爸爸就用自己的大尾巴堵在棉手套的口上，为他们挡风雪。

他迎着风雪卧在棉手套的外面，他冻得发僵了，也不肯离开一步。

忽然，松鼠爸爸听见远处传来嘎吱嘎吱的脚步声。脚步声越来越近，他看见两只踏雪鞋停在面前。他仰起头一看，见一个男孩子站在了跟前，他一只手戴着棉手套，另一只手光着。

松鼠爸爸一看就明白了，就是这个男孩子丢了他的棉手套。

真的，他是来取回他的棉手套的。

他蹲下身来，刚要伸手去拿，松鼠爸爸说：

"谢谢你的棉手套。"

男孩子却说：

"我该谢谢你呀，是你替我看管着手套啊！"

"不，"松鼠爸爸说，"我该谢谢你。你看，我的五只小松鼠和他们的妈妈，正躲在你的棉手套里哪！要不，他们真会冻死的。"

"你怎么不进去呢？"小男孩问。

"里面太挤了。我在外面给他们挡风雪。"松鼠爸爸很自豪地说。

这时候，小男孩发现松鼠爸爸全身盖满了雪花。

他毫不犹豫地脱下另一只棉手套，轻轻地放在地上，然后转过身，不声不响地走了。

松鼠妈妈和她的五只小松鼠，探出头来想谢谢他，只见他已踩着厚厚的大雪，嘎吱嘎吱地走远了。

松鼠爸爸说："好好保存这两只棉手套，明年春天天暖了，我们一定要送还给他。"

五只小松鼠望着男孩远去的背影一齐喊着：

"等我们长大了，跟着爸爸妈妈一起去！"

阅读感悟：

　　寒冷的冬天里，松鼠妈妈就要生孩子了，松鼠爸爸想找一个温暖的树洞，可是一直没找到，后来发现了一只棉手套，这下，松鼠宝宝们有了一个温暖的家。不过，小男孩来寻找自己的棉手套了，他又是怎么做的呢？如果是你，又会怎么做呢？松鼠爸爸对松鼠妈妈和小松鼠充满了爱，你能说一说他是怎么做的吗？

蜗牛搬家

吕德华 / 著

导读：
蜗牛住的地方真不好，它想搬家，可是，却没有搬成，这是为什么呢？

蜗牛住在水池边的石缝里，周围没有花没有草，光秃秃的连个遮拦也没有，它每天饱受风吹日晒之苦。只有阴天下雨时，蜗牛才从壳子里探出身来，在青石上漫游，舒缓一下蜷曲的身子。

一天，蜻蜓、蚂蚁来看蜗牛。

蜻蜓说："前边有个小土岗子，那儿可是个好地方：有密密的丛林，有鲜花野果，旁边还有一条清清的小河……我们俩现在就住在那儿。"

蚂蚁说："蜜蜂、蝴蝶、青蛙、蚯蚓它们也住在那里。蜜蜂酿蜜，蝴蝶传播花粉，青蛙捕捉害虫，蚯蚓翻松泥土，大家同心协力干活,甭提多快活啦!"

蜗牛听了蜻蜓和蚂蚁的话,很兴奋,它感慨地说:

"有这么好的地方,你们怎么不早告诉我呀?"

蚂蚁说:"我们早就想告诉你,可总也看不见你!"

蜗牛蠕动着身子长叹了一声说:

"说实在的,这不能怪你们,可也不能怪我,我才不愿意整天躲在壳子里睡觉哩,可是在这荒凉的地方,不睡觉又能干什么啊?"

蜻蜓和蚂蚁听蜗牛这么说,心里高兴,它俩齐声说:

"欢迎你到我们那儿去安家,说干就干,现在我们就帮你搬家!"

蜗牛思索了一会儿,慢吞吞地说:

"搬家是件麻烦事儿,我得准备准备,过两天我一定搬。"

蜗牛送走了蜻蜓和蚂蚁,心情激动,心想苦日子可该结束了,它做了一个周密的搬家计划,决心到小土岗以后做出一番事业来!

过了两天,蜜蜂来帮蜗牛搬家。蜗牛看看头顶上的太阳,就有点犹豫了,它说:

"我把一切都准备好了,只是今天不能搬家。"

蜜蜂不解地问:"为什么呀?"

蜗牛说:"今天太热了,我行动又太慢,强烈的日光会把我晒坏的!"

蜜蜂问:"那怎么办呀?"

蜗牛悠闲地摇摇它那触角,说:

"日子长哩,不在乎这一天半天,过两天我一定搬家。"

没办法,蜜蜂只好走了。

过了两天,蝴蝶来帮助蜗牛搬家。蜗牛望望满天风沙,就有些犹豫了,它说:

"我把一切都准备好了,只是今天不能搬家。"

蝴蝶不解地问:"为什么呀?"

蜗牛说:"我这细皮嫩肉,可禁不住这风沙摔打!"

蝴蝶问:"那怎么办呀?"

蜗牛想了想说:

"日子长哩,不在乎这一天半天,过两天我一定搬家。"

没办法,蝴蝶只好走了。

又过了两天,青蛙来帮助蜗牛搬家。这天,天空下着小雨,既没有太阳,又没有风沙,可是蜗牛望望那蒙蒙细雨,又有些犹豫了,它说:

"我一切都准备好了,只是今天不能搬。"

青蛙不解地问:"为什么呀?"

蜗牛叹了口气说:"天潮地滑,小土岗的斜坡,无论如何我是爬不上去的。"

没办法,青蛙只好走了。

从此以后,再也没有人来帮蜗牛搬家了。

蜗牛的家虽然没有搬成，可是当它有兴致的时候，总是朝着小土岗那边张望张望，低声叹气着：

"只怪我身体不济，天又不作美，要不我早在那边过着愉快的生活了。"

阅读感悟：

蜗牛觉得自己住的地方实在太糟糕，蜻蜓和蚂蚁就想帮着它搬家，可是蜗牛总是一会儿觉得天太热，一会儿觉得风沙太大，就这样，蜗牛的家到最后也没有搬成。看来，光有想法没有行动是不行的呀！

七

跳动的诗行

有了小鸟，天空中有了飞翔；有了鱼儿，大海里多了灵动；有了蚂蚁，大地开始行走……有了这些可爱的小生灵，我们的生活显得更加多姿多彩！

笼中虎

（苏联）列·拉什可夫斯基 / 著
韦 苇 / 译

导读：
　　提起大老虎，小朋友们一定会觉得很威风吧。那动物园里的老虎，你又是怎么看呢？

一只小老鼠来到动物园，
看见老虎就乐了：
"嗨，你这猫，到底
也让鼠笼逮住了！"

阅读感悟：

多有趣啊！看着笼中的老虎，老鼠居然说了这样的话："嗨，你这猫，到底也让鼠笼逮住了！"让每一个读诗的人都会笑出声来。想想小老鼠为什么把老虎认作一只猫呢？

蜘蛛

(美)艾琳·费雪 / 著

王世跃 / 译

导读:
你可别小看蜘蛛,她可以织出世界上最完美的网,是不是?

我看见一只小蜘蛛,
长着最聪明的脑袋。
她从自己的肚子里,
纺出神奇的丝线滑下,
晃动着悬在空中。
我见她顺着丝线往上爬,
走几步又停一停。
嘿,多么轻松多么自在呀,
我心中整整激动了一天,

怎样才能纺出一条丝线，

也吊在空中荡秋千？

阅读感悟：
　　看着蜘蛛纺出了神奇的丝线，诗人在想象，要是自己能够纺出一条丝线，吊在空中荡秋千，是多有趣的事情啊！你呢？会想到什么呢？

蜗牛

林 良 / 著

导读：
　　说起蜗牛，你会想到什么？一定是慢！不过，蜗牛可有话要说。

不要再说我慢
这种话
我已经听过几万遍
我最后再说一次
这是为了交通安全

阅读感悟：

听见了吗？不要再说蜗牛慢了哦！他慢是为了交通安全！你觉得他说得对不对？你还能为他想到更好的理由吗？

蝉

林焕彰 / 著

导读：
夏天来了，连树都会唱歌了，是不是？

蝉的歌儿很好听
可是要在夏天才唱
它们喜欢赞美
金色的阳光。

蝉的歌儿很好听
可是它们只爱在树上唱
所以，一到夏天，
树都变成了
会唱歌的伞。

阅读感悟：

夏天里，大树撑开了厚厚的叶冠，蝉在树上唱歌，于是树都变成了会唱歌的伞，多有趣的发现啊！诗人的奇思妙想真让我们眼前一亮，给我们带来想象的快乐。

青蛙

凌 非 / 著

导读：
你喜欢小青蛙吗？如果把青蛙带到学校，那又会怎样？

我背着书包上学的时候想

青蛙如果也背着书包

往前跳

那一定很好玩

我做早操的时候想

青蛙如果也排着队

做早操

那一定很好玩

我走到教室里的时候想

在黑板上写字的老师一转身

发现一只青蛙正鼓着眼睛看着她

那一定很好玩

如果老师知道

青蛙是我放在讲台上的话

那……一定很不好玩

阅读感悟：

　　让小青蛙背着书包去上学，让小青蛙排着队去做操，让小青蛙去上课，那一定是很好玩的事情。可是，如果被老师发现是"我"把青蛙放在讲台上的，那就不好玩了，是不是？你有过怎样的奇思妙想，又做过哪些调皮的事情？照这首诗的样子，也写下来吧。

八

好玩的故事

　　可爱的书本里,有着许多好玩的故事,故事的主人公可以是可爱的小男孩小女孩、又老又疲倦的死神、只会笑的小木偶、有趣的国王、乡间那些看似贫穷却无比富有的人们……让我们走进有趣的故事,结识有趣的人吧!

世界上最强大的孩子

（德）迪米特尔·茵可夫 / 著
程　玮 / 译

导读：
　　"我"想要成为世界上最强大的孩子，于是在小姐姐克拉拉的指导下，开始了艰苦的训练。"我"实现自己的目标了吗？

　　从昨天开始，我一个人吃两个人的饭，因为我想做一个世界上最强大的孩子。电视里，我看到了世界上最强大的男人。他可以用牙齿把铁棍咬弯，用手把马蹄形的铁器拉直，超级厉害！

　　克拉拉说，这么强大的一个男人，他吃饭一定吃双份。我听说以后，立刻下了决心，也吃双份饭。我立马走进厨房，拿了面包和果酱。

"你在干什么?"克拉拉问。

"我吃饭。"

"你刚才已经吃过了。"

"我现在要吃两个人的饭。我已经决定了,要做世界上最强大的孩子。"

"太好了!"克拉拉说,"你不能光吃,你还得训练你的手和牙齿。"

"为什么?"

"如果你不训练,那你就会有一个很胖的肚子。"

"好吧,"我说,"我训练,我一定把自己训练成一个世界上最强大的孩子。可是,拿什么练呢?"

克拉拉也不知道。我们两个人在家里找开了,找出可以用来训练的东西。但是哪里也找不到铁棍,也找不到马蹄形的铁器。这真的让我很生气。如果没有训练的东西,我干吗要吃这么多?我猜想,我马上就会有一个很胖的肚子。我快气哭的时候,克拉拉突然喊:"我找到了!我找到了!"

她让我看一把勺子。

"我拿它做什么?"

"你可以拿它训练呀,杂技团的人能把铁棍弄弯,你可以把勺子弄弯呀。"

"好的。"我下了决心,"我来试试。"

我两只手握住勺子,用尽全部的力量把它往下扳。我成功了！我把勺子扳成了马蹄形！

"现在你得再把它扳直，就像一根蜡烛那么笔直！"克拉拉说。

这不太容易了，我得拼命地、使劲地扳它。我试着用牙齿帮忙，两个牙齿都已经有点活动了。最后，我终于成功了。我很自豪地把勺子拿给克拉拉看，但这勺子看上去已经不太像真正的勺子了。然后，我把家里所有的勺子都弯成了马蹄形，再把它们扳得像蜡烛一样笔直。再然后是所有的叉子。

真是艰苦的劳动啊！这样的训练让我浑身冒汗。但是我坚持着，直到妈妈和爸爸回家，看到了我的训练成果。

"这是怎么回事？"他们惊叫着，扑向我们家的叉子和勺子。

我赶紧逃回了自己的房间。

"他只是训练了一下。"克拉拉解释说，"他把它们全都弯成了马蹄形的，然后再把它们扳直。他想把自己训练成世界上最强大的孩子。"

一整个晚上，爸爸都在试着把勺子和叉子重新扳直，想让它们像原来那么直，但他没有成功。

现在，每当我们家有客人来吃饭的时候，他们总是会对我们家的叉子和勺子的形状表示惊讶。

阅读感悟：

为了把自己训练成世界上最强大的孩子，"我"付出了艰苦的努力。"我"有没有强大起来，不知道，横竖家里的勺子和叉子全都遭了殃。爸爸对"我"的训练成果努力进行了挽救，也没有成功。小朋友，在家里或校园里，你做过这样的事情吗？快告诉爸爸妈妈，请他们帮你写下来，像故事里的"我"一样，分享给别的小朋友吧！

小女孩和死神

(瑞士)于尔克·舒比格 / 著

林敏雅 / 译

导读：

死神来找小女孩，要把她带走，小女孩会怎么做呢？

有一天，一个小女孩正在做功课。这时候，死神来了。

"小女孩，时辰已到，跟我走吧。"

"等一下，"小女孩说，"我得先写完功课。"

"好吧，"死神答道，"做功课很重要，赶快做吧！"

看死神的样子又老又疲倦，小女孩让他坐在她的床上。自己继续埋头用功：

5×？=40，5×8=40；3×6=？，3×6=16。

"错了，"死神一直在看着，"等于18。"

"没错。"小女孩坚持道。

"是 18。"死神又说了一遍。

"那你是怎么算出来的?"小女孩问道。

死神很仔细地为她讲了一遍。

"谢谢。"她明白了。

小女孩继续大声地算题,死神在一边听着,不住地点头。

"6×7 等于几?"女孩问,"这个我总是忘。"

"42。"他告诉她。

"对。"她说,"那 9×8 呢?这个,我们还没学过呢。"

死神想啊想。

他实在是太老太累了,很多原来学过的东西都忘记了。

"9×8 等于几,我也不知道。"他不得不承认。

"你以前算术一定非常棒。"小女孩说。

"是啊,"死神说,"我曾经是最好的之一。"

"9×8 等于几你忘记了,真可惜。"

"嗯,真是不好意思。"死神道。

"你肯定是只忘了这一道题,"小女孩安慰他,"如果你想起来了,你就又是最棒的了。"

"是的。"死神说。

"那好吧,"小女孩提了个建议,"我去问问老师,他知道结果。等你明天再来的时候,我告诉你。"

"你真是个好孩子。"死神说着站起身,"那我先走了。"

从走廊那边,传来了他的声音:"明天,你可是真的要和我走啊。"

"呼！"小女孩嘘了口气。

后来呢？

嗯，后来——后来，第二天的同一时间，死神又来了。小女孩告诉他，9×8等于72。

后来呢？

后来，死神说："是啊，等于72！"他笑了。那小女孩接着说："那你现在又是最棒的了。"

后来呢？

后来，小女孩又说："老师又给我们留了新的作业，明天要交的。我们走之前，我得把它们写完，我可不想留个不做作业的坏名声。如果你愿意帮我，我们很快就会做完。"

死神只好又帮助她来写作业，当然，他们又遇到了难题，连死神也解不出的难题。

后来呢？

嗯，后来……

那一天以后，一个月以后，一年以后呢？等到这女孩子长大了，不用上学了，死神是不是更老了呢？

阅读感悟：

　　死神来的时候，小女孩正在做功课。当然，做功课比什么都重要，就这样一道题一道题地难住了死神，最后呢？看来，做功课真的很重要。

只会笑是远远不够的

吕丽娜 / 著

导读：
在老木匠灵巧的手中，小木偶山米诞生了，老木匠给了它一个笑嘻嘻的表情，可是光是笑还不够啊！

老木匠做了个小木偶。

小木偶有鼻子有眼儿，能走路会说话。

老木匠左瞧右瞧，总觉得小木偶身上还少了点什么。

少了点什么呢？老木匠怎么也想不起来。

"你知道吗？"老木匠问小木偶。

"不知道。"小木偶板着脸回答。

老木匠一下子想起来了，小木偶身上少的东西是笑！

"笑是很重要的！"老木匠对自己说，"谁要是不会笑，谁就没办法过快乐的日子！"

老木匠拿起他的神奇雕刻刀,给小木偶添上了一个笑嘻嘻的表情。

"现在好了。"老木匠为小木偶收拾了一个红背包,把它送出了家门。

"走吧,外面的世界大着呢!"老木匠对小木偶说。

小木偶的冒险开始了!

热闹的大街上,小木偶兴冲冲地大步向前走。

一只小红狐跑过来,很亲热地拍拍它的肩膀:"嗨!小木偶!你的红背包好漂亮!让我背一下好吗?就背一下。我想试试这种红和我的毛色是不是相配。"

"好的。"小木偶说。

可是小红狐刚一背上背包就开始拼命地逃跑。

小木偶愣住了。它还是老木匠刚刚做出来的小木偶,它不知道什么叫"骗子"。

等小木偶反应过来,小红狐已经跑出去好远了。

快追啊!小木偶!

小木偶有两条长长的、灵活的木头腿。它很快就追上了胖乎乎的小红狐,拽住了小红狐毛茸茸的大尾巴。

"放开!放开!"小红狐拼命挣扎。

"吵什么,吵什么!"一只穿警服的熊过来把它们分开。

"报告警官,它抢我的包!"小红狐撒谎一点儿都不脸红。

"那是我的,我的,我的!"小木偶尖叫。

穿警服的熊看看小红狐,小红狐满脸的愤怒;再看看小木偶,小木偶一副笑嘻嘻的表情。

穿警服的熊拎起小木偶,把它扔出去好远。

小木偶委屈极了!可是有什么办法呢?老木匠只给了它一种表情,那就是笑!

小木偶突然觉得脑袋很疼,只好抱着脑袋蹲下来。

一只小兔子走过来,温柔地问:"你怎么啦?"

"脑袋疼。"小木偶抬起头,笑嘻嘻地回答。

"嘻嘻!装得一点都不像!你瞧,应该像我这样。"

小兔子龇牙咧嘴地做了个很痛苦的表情,然后蹦蹦跳跳地走开了。

一个老婆婆走过来:"小木头人,你是不是生病了?"

"脑袋很疼。"小木偶还是那么一副笑嘻嘻的表情。

"现在的小孩子真不像话,连小木头人都学着撒谎!"老婆婆嘟嘟囔囔地走开了。

小木偶的头疼得越来越厉害了。现在,它真希望自己还是一段没有脑袋的木头!

蓝鼻子小女巫在这时候赶来了。蓝鼻子小女巫能用鼻子闻出空气中的伤心味。她最大的梦想,就是消灭世界上所有的伤心味。

"你头疼,是吗?"小女巫问。

"越来越疼了。"小木偶可怜巴巴地说。

"那是因为你很伤心,却不会哭。"

小女巫用她的魔杖在小木偶的脑袋上点了一下。

"哇——"小木偶放声大哭起来。

慢慢地,小木偶不再伤心了,脑袋也不疼了。

"小木偶,我把人类所有的表情都送给你。"小女巫说完,又用魔杖在小木偶的脑袋上点了几下。

现在,小木偶会哭,会笑,会生气,会着急,也会向别人表示同情和关心了。

老木匠说得没错,笑是很重要、很美好的!不过,要是只会笑,那可是远远不够的。

阅读感悟:

"谁要是不会笑,谁就没有办法过快乐的日子。"可是这只笑嘻嘻的木偶却因为只会笑,被小红狐诬陷,被小兔子误解,被老婆婆冤枉,幸好遇见了小女巫,让它有了人类的表情。看来,人类的每一种表情都很重要,一样也不能少。

其实有钱人可能很穷

(日)古川千胜 / 著

李毓昭 / 译

导读：
穷人和富人，在这个世界上到底谁更可怜？

有一天，一个非常有钱的人想要让儿子体会一下贫穷的生活，就把儿子送到乡下的朋友家，让他看一看世界上的人实际上是多么贫困。

寄居在乡下的日子结束后，儿子一回到家，父亲就问他：

"你知道什么叫作贫穷了吗？"

"嗯，很清楚了。"儿子回答。

"你了解到什么？"

儿子回答：

"我们家的鸟笼里只有一只小鸟，有的农家却有狗和牛，还有好多只小鸟。"

"我们家虽然有游泳池，可是那些人有长得看不见尽头的河流。"

"我们家的院子晚上有明亮的电灯，可是那些人晚上有漫天的星星。"

"我们住的地方很狭小，而那些人住的地方可以伸展到很远。"

"我们有仆人的服侍，而那些人是在为别人服务。"

"我们的食物必须买，而那些人是自己种植。"

"我们家四周有保护我们的墙壁，但是那些人有保护他们的朋友。"

听到儿子的回答，父亲哑口无言。

儿子又接着说：

"爸爸，谢谢你让我知道我们是多么贫穷。"

阅读感悟：

富人有富人的烦恼，穷人有穷人的快乐，是不是？现在你了解什么是真正的贫穷，什么是真正的富有了吗？有时候，换一个角度看世界，你会有新的发现。

九

古老的故事

　　夏日的星空下，老爷爷老奶奶爱讲那些古老的故事：田螺姑娘，美丽的白娘子，变成蝴蝶的梁山伯和祝英台……一则则民间故事，把我们带到遥远的地方。其实，每个国家都有自己的民间故事，让我们一起来读一读这些有趣的民间故事吧！

两只小鸡

立陶宛民间故事

导读：
　　从前啊，有一只小黑鸡和一只小黄鸡，后来呢？还是看故事吧！

　　从前，有一只公鸡和一只母鸡。母鸡孵出了一只小黄鸡，爸爸妈妈叫它小黄黄。不幸的是小黄黄出世不久，老鹰就把鸡妈妈叼走了。

　　鸡爸爸又领来了一只母鸡，名字叫咕咕。咕咕孵出了一只小黑鸡，它说："我们得给小黑鸡取一个又长又美的名字，听说名字越长，活得也越长。"

　　它们给小黑鸡起了个特别长的名字叫作："我们的小娇娇蓝眼睛绿嘴壳红冠子飞毛腿机灵的脑袋乌黑的羽毛爸爸妈妈的小宝贝。哎呀，真是又美又长！"

　　两只小鸡待在一块，小黄鸡老得干活，小黑鸡呢，谁也懒得叫它去干活,因为一想起要念这么长的名字,就会觉得还不如叫一声小黄黄痛快。

"小黄黄,去弄点水来!"

"小黄黄,去挖点儿蚯蚓来!"

"小黄黄,去捉点儿虫子来!"

时间长了,有着又美又长的名字的小黑鸡,什么也不用干,光知道晒太阳。

有一天,一只狐狸溜进院子,抓着了小黄鸡,公鸡爸爸马上叫了起来:"小黄黄被狐狸抓着啦!"

猪、狗和山羊一听,连忙赶来追狐狸。狐狸吓得忙把小黄黄放下跑掉了。

第二天,狐狸又来了,一下抓着了正在晒太阳的小黑鸡。母鸡妈妈忙喊道:"我们的小娇娇蓝眼睛绿嘴壳红冠子飞毛腿机灵的脑袋乌黑的羽毛爸爸妈妈的小宝贝被狐狸抓着啦!"

还没等它把这个啰唆的长名字全念完,狐狸早就叼着小黑鸡跑掉了。

阅读感悟：

两只小鸡一个叫小黄黄，一个呢？叫"我们的小娇娇蓝眼睛绿嘴壳……"哎呀，真是又美又长。据说，名字越长就活得越长。可是结果呢？名字长的小黑鸡被狐狸叼走了。看来过分的溺爱只会害了孩子。

小耗子长途旅行记

美国民间故事

导读：
有一只小耗子准备长途旅行了,一路上可真见识了不少东西呢！

有一天,一只小耗子外出旅行。耗子奶奶给它烤了些路上吃的饼,把它送到了洞口。

小耗子是一大早出门的,到了傍晚才回来。

"啊,奶奶!"小耗子喊了起来,"要知道,原来我是最有力量、最灵巧、最勇敢的,旅行前我可不知道哩。"

"那你是怎么知道的呢?"奶奶问。

"是这样的,"小耗子讲了起来,"我出洞以后,走呀走呀,来到了大海边,那海可大可大啦,海面上不停地翻着波浪!可是我并不怕,我跳到海里就游了过去,连我自己都感到惊讶,我竟然游得这么好。"

"你说的大海在哪儿?"耗子奶奶问。

"我们老鼠洞的东边呀。"小耗子回答说。

"我知道,我知道这个海。"耗子奶奶说,"前些天有一只鹿从那儿走,一跺蹄子,蹄子印里积下了水。"

"那么你再接着往下听,"小耗子说,"我在太阳底下晒干了身子,又继续向前走。我见前边有一座高山,那山可高可高啦,山顶上的树把云彩都挂住了。我想,不能绕着这座山过去。我跑了几步,纵身一跳,就从山上跳了过去。甚至连我自己都感到惊讶,我怎么会跳这么高。"

"你说的那座高山我知道,"耗子奶奶说,"那是水坑后面的小草丘,上面长着草。"

小耗子叹了口气,又接着讲了下去:

"我继续往前走,只见两只大熊在打架。一只白色的大熊,一只棕色的大熊。它们吼叫着,一只熊要打断另一只熊的骨头,可是我没害怕,扑到它们中间,硬是把它们俩给分开了。甚至连我自己都感到惊讶,我一只小耗子竟然对付得了两只大熊。"

"你说的两只大熊,一只是白蛾,一只是苍蝇。"

说到这儿,小耗子伤心地哭了起来。

"闹了半天,我不是最有力量、最灵巧、最勇敢的呀……我游过去的是蹄子印,跳过去的是小草丘,分开的是白蛾和苍蝇。不过如此啊！"

耗子奶奶笑了起来，说：

"对于小耗子来说，蹄子印就是大海，小草丘就是高山，白蛾和苍蝇就是大熊。如果这些你全都不怕，那就说明在整个冻土地带数你最有力量、最勇敢、最灵巧了。"

阅读感悟：
  这是流传在美国阿拉斯加因纽特人中的古老故事。从早到晚，小耗子遇见了什么？大海，高山，大熊。是这样吗？其实大海是鹿的蹄子印积了水，高山是小草丘，两只大熊一只是白蛾，一只是苍蝇。可是又有什么关系呢？小耗子还小着呢！这些都不怕，它就是最有力量、最勇敢、最灵巧的了。

种金子

中国民间故事

导读：
知道阿凡提吗？他可是维吾尔族民间传说中最神奇的人物哦！我们一起来看看阿凡提怎么种金子。

阿凡提借来几两金子，骑着毛驴到野外，就坐在黄沙滩上细细地筛起金子来。不一会儿，国王打猎从这儿经过，看见他的举动很奇怪，便问道：

"喂，阿凡提，你这是干什么呢？"

"陛下，是您呀！我正忙着哩，这不是在种金子吗！"

国王听了更加诧异，又问道：

"快告诉我，聪明的阿凡提，这金子种了会怎样呢？"

"您怎么不明白呢？"阿凡提说，"现在把金子种下去，过段时间就可以来收割，把头十两金子收回家去了。"

国王一听，眼睛都红了，心想：这么便宜的肥羊尾巴能不吃吗？他连忙赔着笑脸跟阿凡提商量起来：

"我的好阿凡提！你种这么点金子，能发多大的财呢？要种就多种点。种子不够，到我宫里来拿好了！要多少有多少。那就算是咱们俩合伙种的。长出金子来，十成里给我八成就行了！"

"那太好啦，陛下！"

第二天，阿凡提就到宫里拿了两斤金子。再过一个礼拜，他给国王送去了十来斤金子。国王打开口袋一看，金光闪闪的，简直乐得闭不上嘴，他立刻吩咐手下，把库里存着的好几箱金子都交给阿凡提去种。

阿凡提把金子领回家，都分给了穷苦人。

过了一个礼拜，阿凡提空着一双手，愁眉苦脸地去见国王。国王见阿凡提来了，笑得眼睛眯成一条缝，问道：

"你来了，驮金子的牲口，拉金子的大车，也都来了吧？"

"真倒霉呀！"阿凡提忽然哭了起来，"您不见这几天一滴雨也没下吗？咱们的金子全干死啦！别说收成，连种子也赔了。"

国王顿时大怒，从宝座上直扑下来，高声吼道：

"胡说八道！我不信你的鬼话！你想骗谁？金子哪有干死的！"

"咦，这就奇怪了！"阿凡提说，"您要是不相信金子会干死，怎么又相信金子种上了能长呢？"

国王听了,活像嘴巴里塞了一团泥巴,再也说不出话来。

阅读感悟:
　　大家都知道金子是不可以种的,可是贪财的国王却相信了。阿凡提就是利用国王的贪心,拿到了国王的好几箱金子,送给了穷苦人。当然,聪明的阿凡提总有办法来应对国王,你说对不对?

儿子和老牛才知道

美国民间故事

蒋任红 / 编译

导读：
　　有一对老夫妻辛辛苦苦培养出一个大学生儿子，老人觉得很自豪。为了制服一头刚买的奶牛，老两口就请有学问的儿子来解决。究竟会发生什么事呢？看完故事你就明白了。

　　有一对农夫夫妇，他俩有一个心爱的儿子，从小喜欢读书。老夫妇省吃俭用供他到城里上大学。七年后，儿子完成学业回到了家里。年迈的父母为有一个有知识的儿子而感到自豪。

　　一天早晨，老妈妈去挤牛奶，可是这头新买的奶牛非常野，当老妈妈去挤奶时，它就踢人。

　　老妈妈挤不了奶，就朝老头儿喊道："出来，帮我制服这头牛啊。"老头子走出来想抓住它,可这头牛还是不断地蹦呀,跳呀,踢呀,弄得他没了办法。

老头儿想了一下,高兴地说:"不用急,咱们有个上过大学的儿子,他读了很多书,有很多知识。他知道该怎样对付这头野牛。"

老头儿把儿子叫来,给他讲了这牛的情况。儿子认真地打量了一会儿牛,然后说:"不必担心,牛踢人就得先把背拱起,我们只要把牛背弄直就行了。"

父亲说:"我不明白,孩子。不过,当然啦,你上过大学,比你父母懂得多。把牛背弄直,我们还是会干的。"

于是,儿子戴上那副金丝边眼镜,又仔细地察看了牛的全身,说:"我们必须在它的背上压一块很重的东西,这样就能把它的背弄直啦。"

"你要什么样的重东西呢,孩子?"父亲问道。

"噢,随便什么都行,要很重的东西。""那好,可到哪儿去找到一块重东西呢?""你骑到它的背上去吧,爸,你就很重嘛。""孩子,你在学校待久了,忘了骑牛背可不容易,而且你知道我已上年纪了。""不过,爸,我把你的两只脚绑在牛身上,这样你就不会跌下来了。""好的,孩子。你要我骑,我就骑。你比我懂得多啊!"

他们把牛拴在一棵树上,老头子费了好大劲才爬上了牛背。儿子用绳子把父亲的两只脚绑在牛身上,可是当老妈妈去挤奶时,这牛又猛踢起来。它又踢又跳,老头儿吓得拼命地对儿子喊道:"快,快把绳子割断。孩子,把绳子割断!我要下来!"

哪晓得儿子在惊慌中,不是把父亲双脚上的绳子割断,而是把树干上拴牛的绳子割断了。

这下子那头牛撒开四蹄,驮着老头儿狂奔起来。它驰过田野,穿过树林,最后跑到了一条肮脏的小路上,路上有个妇女走来,看到牛背上的老头儿,惊讶地问道:"你上哪儿去啊,老哥,你为什么骑这头奶牛呢?"

老头儿气急败坏地说:"只有老天、我儿子和这头牛才晓得哟!"

阅读感悟:

上过大学,就一定知识丰富吗?瞧瞧这个大学生儿子都做了些什么?看来,光有书本知识是不够的,掌握生活的常识也很重要。

课堂中的笑声

　　学校里每天都在发生有趣的故事,课堂上,有我们认真学习的身影;操场上,留下我们快乐游戏的笑声。让我们走进校园,去摇响七彩风铃,去细数成长的脚步。

我想说自己的词

(苏联)苏霍姆林斯基 / 著
萧 甦 / 译

导读:
自己的词,那是什么词呢?

  老师把自己班上的孩子——一年级的学生,带到了野外。这是一个初秋的宁静的早晨,远处的天空中飞过一群候鸟,鸟儿低低的鸣叫声使人感到忧郁。

  老师对孩子们说:

  "今天我们要写一篇关于秋天、天空、候鸟的作文。你们每个人都要说出现在的天空是什么样子的。孩子们,你们一定要注意观察,好好想一想,然后从我们的母语中选出最美丽、最准确的词来。"

  孩子们安静了下来。他们一边望着天空,一边动着脑筋。过了一会儿,大家听到了第一批小作文:

"天空是湛蓝的……"

"天空是天蓝的……"

"天空是纯洁的……"

"天空是蔚蓝的……"

就这样,孩子们一遍又一遍地重复着同样的词:湛蓝、天蓝、纯洁、蔚蓝……

蓝眼睛的小姑娘瓦利娅站在一旁,默不作声。

"瓦利娅,你为什么一声不吭呢?"

"我想说自己的词……"

"那么你用什么词来描述天空呢?"

"天空是温暖的……"瓦利娅低声说着,忧郁地微微一笑。

孩子们一下静了下来。在这一瞬间,他们看到了以前从没看到的东西。

"天空是忧愁的……"

"天空是动荡的……"

"天空是忧伤的……"

"天空是冰冷的……"

天空在玩耍、在颤抖、在呼吸、在微笑,天空像是有生命的物体,而孩子们在看着它那忧郁的、蓝蓝的、秋天的眼睛。

阅读感悟：

　　在野外，看着美美的天空，你会想到什么词？蓝色的、透明的……瓦利娅想到了自己的词：天空是温暖的……就像一道光，在我们的心里闪耀。于是我们也开始重新观察世界，并试着用自己的词来描绘美妙的世界。这是一件多么美好的事情啊！

校外教学

王淑芬 / 著

导读:
要去参加校外活动了,这是我们最快乐的时光。

今天是我们校外教学的日子,我们都兴奋得不得了。一早到学校,就开始炫耀带了什么好吃的东西。萧明扬已经打开洋芋片在吃了,他说反正他带了三包。

老师先叫我们去上厕所,然后到操场排队。我们等了好久,终于坐上游览车。林世哲说他看过这种车子,平常都是坐外国来的大官的。大家都相信,因为车子外面写了好多英文。我们能坐这种车子,觉得好气派。

可惜才吃了两片口香糖,老师就说:"到了,赶快下车。"哇!好多漂亮的花。老师说:"只能看,不要摸。"我们排了队,跟着老师走,每看到一样新奇的东西,老师都说:"只能看,不要摸。"还好,最后终于到了一块好大的草地,老师说就在这里休息,可以自由活动或吃东西。

我们和平常一样,玩起"一二三木头人"和"过五关"游戏。玩累了,就吃东西;吃完了,再继续玩,过瘾极了。

最后,老师吹哨子叫大家集合,我们就坐上游览车回学校了。

回家以后,妈妈问我:"校外教学好不好玩?"

岂止好玩,简直太完美了!校外教学就是上了一天的"下课"。

阅读感悟:

哈!校外活动真是太完美了,可以不用上课,可以吃零食,可以痛痛快快地玩,当然,也不用写作业了,难怪大家都喜欢。那么你呢?你们校外活动时发生了哪些有趣的故事呢?

最后还是零

汤素兰 / 著

导读：
笨狼怎么也学不会减法，眼镜蛇小姐问他四减四等于几？他居然说是八！

"唉，我不知道该如何让笨狼学好减法。"眼镜蛇小姐向鹅太太抱怨。鹅太太说："笨狼是个可爱的孩子，你对他要耐心点。"

"我对他已经很耐心了。"眼镜蛇小姐说。

学完认数以后，学生们就该学加减法了。加法还教得比较顺利，笨狼理解得虽然慢一点，但只要把东西一件一件摆在他面前，他还是能明白。比如说，他不知道如何计算五加五，但如果是五个西红柿加五个西红柿，他能算出来是十个。如果是五块巧克力加五块巧克力，并且说明计算完之后，这些巧克力都归笨狼，那计算的速度就会更快些。 他唯一没有算出来的是五个凉薯加上五个凉薯，因为他说他不吃凉薯，因此对讲台上有几个凉薯不感兴趣。他甚至还算出了八粒石子加两粒石子和九粒甜豆加一粒甜豆是一样多的。原因眼镜蛇小姐当然不知道，那是因为那天棕小熊要用石子和猪小胖比赛打水漂，棕小熊愿意用十粒甜豆和任何人换十粒石子。

鹅太太说："教算术这么难的东西，应该让孩子尝到甜头才行。"鹅太太自己就是这样，她教大家游泳这么实在的课，都总是先给大家准备一些鱼干放在对岸，谁先游过去，谁就能吃到大份的鱼干，谁后游过去，谁就只能吃到小份的。但即便是用这么好的教学方法，也不是每个学生都能学会游泳的，大红公鸡和小白母鸡就一直没学会，猫小花和乖乖羊也没学会。

眼镜蛇小姐走进教室，说："今天，我们学习减法。现在，我先来提几个问题，看谁回答得又对又快。"

眼镜蛇小姐把尾巴盘成一个好看的垫圈，坐在上面，明亮的小眼睛从眼镜后面扫视着全班的学生。

眼镜蛇小姐问笨狼："笨狼，一减一等于几？"

"等于零！"笨狼响亮地回答。这么简单的题目，眼镜蛇小姐一个星期前就教过了，笨狼记得清清楚楚。

"二减二呢？"

"还是零！"

"四减四呢？"

"八！"

"什么？你再仔细想一想，我说的是四减四，不是四加四，听明白了吗？"眼镜蛇小姐提醒笨狼。

"我知道你想要我说等于零！可是，我试过了，四减四不等于零，而是等于八，我数了三遍了，我不能瞎说！"笨狼说。

笨狼告诉眼镜蛇小姐，昨天因为伶俐兔从他的课桌旁跑过去，被课桌角撞疼了，他就想把课桌的四个角都去掉，免得下次再撞疼伶俐兔。结果，他用小刀把四个角去掉，发现课桌的角反而多了，变成了八个角！

"减就是去掉？对不对？"笨狼说，"你说过，如果我有一个苹果，我把这个苹果吃掉了，就没有苹果了，就是零！如果我有两个苹果，我把两个苹果都吃掉，就没有苹果了，就是零！可是，我不知道现在是怎么回事，你过来数数看吧，桌子明明只有四个角，我明明把它们都去掉了，现在却有了八个……"

眼镜蛇小姐走到笨狼的桌子边，数了数，发现他的课桌确实有八个角！

同学们都从座位上跑下来，挤到笨狼的课桌边来数角，几乎每个同学都数了一遍。淘气猴手脚快，他数过以后，马上就在自己的课桌上做起了实验，他先是切出了八个角，接着，又把八个角去掉……这边笨狼的问题还没解决，那边淘气猴又惊叫起来："天哪，八减八不是零，是十六！"

棕小熊也不甘示弱，连忙掏出刀子，小狐狸没带刀子，他用牙齿啃。很快，教室里就以笨狼、棕小熊、小狐狸和淘气猴为中心，围成了四堆。有的忙着喊加油，有的忙着数桌子角……眼镜蛇小姐完全无法控制课堂秩序了。学生们也早已忘记了她的存在。

眼镜蛇小姐乐得清闲，她干脆跑到花园里，和牛博士聊天去了。

一直到下午放学之前，学生们都在忙着锯桌子。

最后，教室里出现了四张圆桌，学生们得出的结论和眼镜蛇小姐的期待终于一致了，水落石出——答案是零！

确实，圆桌上一个角也没有啊！四张圆桌看上去就像四个大大的零！

鹅太太对眼镜蛇小姐上的这堂课非常满意，她既表扬了学生们，也表扬了眼镜蛇小姐，鹅太太说："眼镜蛇小姐，你这种寓教于乐的方法很好，这就叫实践出真知啊！"

阅读感悟：

笨狼觉得四减四就等于八，因为他用小刀把桌子的四个角去掉，就变成了八个角。那么如果这样计算的话，八减八又等于几呢？大家开始切桌子了，教室里乱成了一团。最后，大家得出的结论终于和眼镜蛇小姐要的结论一致了，不过，这也太费力了吧！

督学视察

(法)勒内·戈西尼 / 著
戴 捷 / 译

导读：
　　领导要来检查工作了，小朋友的表现可乖了。不过，这次尼古拉班上的表现看起来不太妙。

　　今天，我们老师进教室的时候显得特别紧张，她对我们说："督学（注：督学是法国教育部门派出的督察人员，他们定期到学校检查学生上课及老师教学的情况）先生到咱们学校来了。我相信你们会老老实实听话的，相信你们会给他留下好印象的，是不是？"我们全体同学都表示要好好表现。其实老师根本不需要担心，我们基本上还是挺老实挺听话的。

　　老师还对我们说："我可提醒你们，这位督学先生是新调来的，以前的那位督学先生已经习惯你们了，可惜他退休了……"然后她又跟我们说了一大堆注意事项。她说没提问时不许随便说话，没有她的许可不许笑，说不能像上次督学先生来的时候那样把弹珠碰掉到地上，还跟亚三说督学先生来了后就别再吃东西了，跟科豆（就是班上倒数第一的哥们儿）说不要让督学先生注意到他。

我想这会儿老师差不多把我们全当木偶了，但是因为我们都喜欢她——我们的班主任，就向她保证，按她说的做。

老师张望了一下教室，看看是否整洁。她说教室比有些人还要干净。然后她让班里第一名，也就是她的乖宝贝儿阿蔫往课桌上的墨水瓶里灌墨水，以便督学要让我们做听写时用。阿蔫拿了一大瓶墨水，从第一排课桌开始倒，是司莉和若奇的课桌。

这时不知谁喊了一声："督学来了！"阿蔫吓得一哆嗦，把墨水洒在课桌上了。

真是个恶作剧，督学根本就没来。老师生气地说："我看见你了，是你，科豆，也只有你才会开这种愚蠢的玩笑，马上去站墙角！"科豆哭了，说如果他去站墙角，督学就会注意到他，就会问他好多的问题。他就什么也回答不上来，然后他还得哭，而且这也不是开玩笑，他确实看到督学先生和校长从操场上走过去了。老师说，既然他说的是实话就不再追究了。可是第一张课桌上已经洒了好多墨水，这可不好办。老师让我们把这张课桌放到后排去，这样督学就看不见了。

我们立刻行动起来，要挪动所有的课桌，才能让洒有墨水的桌子过去，这可不是件容易的事儿。大家正忙得开心呢，督学先生和校长进来了。

不用喊起立，因为我们全都站着呢，看起来大家都有些吃惊。

"这是一年级学生，他们……他们有点儿淘气。"校长说。

"我看见了。请坐，孩子们。"督学说。我们全都坐下来了，司莉和若奇的课桌因为当时反过来准备推到后面去，所以他们就只能反着坐，背对着黑板。

督学看着我们老师，问她这两个学生是不是老这么坐着。老师呢，她就像科豆被提问时的样子，不过她没哭。她只说："出了点意外……"

督学先生看起来很不满意，他眼睛上的眉毛特重，而且距离眼睛很近。他说："当老师的一定得有点威信才行。来吧，孩子们，把这张课桌复归原位。"我们又都站起来，督学喝道："不要同时站起来，就你们两个站起来！"司莉和若奇把桌子正过来以后坐了下来。

督学咧着嘴笑着注视着他们俩，他还把两手撑在面前的课桌上说："好了，告诉我，在我来之前你们在干什么？"

"我们在换课桌。"司莉说。"别再跟我提课桌的事！"督学叫了起来，看样子好像挺心烦，"而且，你们为什么要把这张课桌调换位置？"

"因为有墨水。"若奇说。"墨水?"督学问,他顺着司莉和若奇的视线看到自己的手和那摊墨水,手掌都被染蓝了。他叹了一大口气,然后小心地掏出手帕使劲擦手。

我们看见督学、老师和校长都不像开玩笑的样子,就决定不再乱来。

督学对老师说:"我看您的学生在纪律方面有些问题,得运用点基本的心理学来管他们。"然后他转向我们,把眉毛放松了,咧开大嘴笑着说:"孩子们,我想做你们的朋友,不要怕我,我知道你们喜欢开玩笑,我也喜欢,我还喜欢讲笑话。你们听没听过两个聋子的故事?一个聋子对另一个聋子说:'你去钓鱼吗?'另一个说:'不去,我去钓鱼。'第一个又说:'是吗?我还以为你去钓鱼呢。'"

真可惜,老师说过没有她的许可不让我们笑,我们都快憋不住了。我今天晚上要讲给我爸听,他肯定会觉得好玩儿,我想他绝对不知道这个笑话。

督学反正不需要什么人的允许,就自己笑了半天。然后他看见班上没反应,就又把眉毛放回原位,咳嗽了一下说:"好了,笑够了,现在干正事。"

老师对他说:"我们正在学寓言:《乌鸦和狐狸》(法国寓言诗人拉·封丹的著名寓言)。""很好,很好,"督学说,"继续学吧!"老师假装随便在班里扫视了一下大家,然后她叫起阿蔫:"你,阿蔫,请给我们背诵一下这则寓言。"

这时督学把手举起来对老师说："对不起！"然后他指着科豆说："你，那边后排的，就是你，请你给我背诵一下。"科豆张开嘴说不出话，然后就哭了。"怎么回事啊？"督学问，老师解释说得原谅他，因为他有点害羞。

然后轮到鲁飞，鲁飞也是我们的哥们儿，他爸是警察。鲁飞说他不会背诵，但他知道故事讲的是什么，他就开始解释说，是一只乌鸦嘴里叼了一块罗克富奶酪（是法国很有名的一种羊奶酪，拉·封丹原文说乌鸦嘴里叼了一块肉）。

"罗克富奶酪？"督学问，看样子他越来越吃惊了。

"不对，"亚三说，"是一块卡蒙白奶酪（法国另一种有名的牛奶酪，时间长了会变软变臭）。"

鲁飞说："根本不是，乌鸦没法儿把卡蒙白奶酪叼在嘴里，会流下来的，而且闻着也臭烘烘的。"

亚三说："闻着不好闻，吃起来可香了。而且你说的话一点意思也没有，香皂好闻吧？可不好吃，我尝过。"

"嗤！你真傻，"鲁飞说，"我要让我爸给你爸开好多罚款单！"然后他们就打了起来。

大家全都站起来大声嚷嚷，只有科豆还在墙角那儿哭，阿蒿去黑板那儿背诵《乌鸦和狐狸》。老师、督学和校长都冲我们大喊大叫："住手！安静！"说真的，那会儿甭提多好玩了。

等所有的同学都坐好了以后，督学从兜里掏出手帕不断地擦汗，于是蓝墨水不但抹到了鼻子、脑门儿和脸上，连脖子上也是，只可惜我们不能笑出声来，连下课都得忍着不能笑，绷得我的肚皮疼了好几天。

后来，督学走近我们的老师并同她握手，说："我非常同情您，小姐，我从来没像今天这样感到我们肩负的责任有多么重大。一定要坚持下去！要有勇气！干得好！"然后他就和校长走了，走得很快。

我们喜欢我们的老师，但今天她特不公平，是因为我们她才得到了督学的赞扬，可是她把我们都留校了！

阅读感悟：
　　督学来了，大家拼命想表现好一点，可是呢？状况不断！结果，"我们"都被老师留校了。读一读这个故事，你觉得哪些地方最好玩？

后　记

这套书,从着手编选、点评,到终于出版,十年过去了。

2008年春,我在《小学生作文选刊》杂志任执行主编,发起了一场主题为"幸福阅读,快乐作文"的全国优秀儿童文学作家河南校园行系列活动。曹文轩先生是活动邀请的首位作家。

活动间隙,散步在郑州外国语中学蔷薇花盛开的围墙边,曹先生提议我来协助他,为小学生编选一套语文读本。我们希望借由这套书,让孩子们通过阅读经典的、格调优美、语言纯正的作品,形成优美的语感,培养美好的情操,领悟阅读与作文的有效方法,能够运用优雅得体的语言进行交流和表达。

编写体例确定后,我们邀请了特级教师岳乃红、诗人丁云两位老师参与。我们认真工作,这套书稿在2010年基本完工。期间,曹先生多次对书稿进行审阅,并提出修改意见。曹先生教学、写作、社会活动任务异常繁重,但却总保持着波澜不惊的淡定与从容,总是面带微笑,谦和、儒雅而亲切。先生细心审阅书稿,并热心介绍出版社,十分关心这套书的出版。

2012年春，我的工作起了变化。我辞去编辑工作，创办了语文私塾——文心书馆，陪小学生学习汉字、读书和作文。我将这套书中的选文与孩子们分享，并邀请几位语文教师把部分篇目引入课堂，不断对书稿进行加工和完善。几年又过去了，它渐渐成了今天的样子。

古人有"十年磨一剑"的诗句，我们虽然有足够的热情和定力，想要把这套书编好，却丝毫不敢自夸它已经足够完美。这套书就要出版了，首先要衷心地感谢曹文轩先生的编写提议与全程指导，感谢每一位原作者、译者为读者奉献了如此优秀的作品，感谢曾参与这套书编选的每一位老师。

在编选这套书的过程中，我们得到了许多作家师友的热情帮助。蒙作者慨允，书中大部分作品都已获得出版授权。部分作者因无法取得联系，稿酬已委托中国文字著作权协会转付，敬请相关著作权人与之联系。电话：010-65978917；传真：010-65978926；E-mail：wenzhuxie@126.com，也可发送邮件至sjygbook@163.com，以便我们及时奉上稿酬及样书。

希望这套书能够赢得全国小学生读者的喜欢！

袁　勇

2018年5月15日于文心书馆